AF761287

आग़ाज़

(नवग़ज़लकारों का साझा ग़ज़ल-संकलन)

आग़ाज़

(नवग़ज़लकारों का साझा ग़ज़ल-संकलन)

संपादनः

अनिल कुलश्रेष्ठ

संकलनकर्ताः

आनंद खरे

Anybook

Published By

Anybook

Cell : 9971698930

E-mail : contactanybook@gmail.com

Website : www.anybook.org

Price in India : 200/- INR

First published by Anybook in 2022

Printed and bound in India

Cover, Design & Typesetting by Anybook

ISBN : 978-93-91571-44-3

समर्पण

उन सभी ग़ज़ल प्रेमियों को जो सीख चुके हैं,
सीख रहे हैं और सीखना चाहते हैं।

भूमिका

अनूप भार्गव

तकनीकी मेरा पेशा है और कविता से मुझे प्यार है। मेरी हमेशा से कोशिश रही कि मैं तकनीकी का प्रयोग करते हुए कविता को सुलभ बना सकूँ। इसी सोच को लेकर २००३ में 'ई-कविता' के नाम से याहू ग्रुप को शुरू किया जिसका उद्देश्य था इंटरनेट और ईमेल के माध्यम से विश्व भर के कविता प्रेमियों को आपस में जोड़ना और एक-दूसरे से सीखना। ई-कविता में विश्व भर में फैले ८०० से अधिक सदस्य जुड़े और इस में क़रीब १२,००० से अधिक कविताएँ लिखी गयीं। कविताओं पर टिप्पणियाँ की गयीं, सुझाव दिए गये और उसके परिणामस्वरूप कविताओं में सुधार किए गये; लेकिन मूलत: ई-कविता उनका मंच था, जो पहले से कविता लिख रहे थे।

फिर २०२१ के प्रारम्भ में कोविड के दौरान यह विचार आया कि क्यों न उनके बारे में भी सोचा जाए जो कविता लिखते नहीं; लेकिन लिखना चाहते हैं। 'कविता की पाठशाला' का जन्म इसी विचार के साथ हुआ।

मेरा यह सोचना है कि भावनाएँ हम सबके अंदर होती हैं, यदि उन्हें अभिव्यक्त करने के साथ-साथ कविता की तकनीक सीख ली जाए तो हम में से कोई भी कवि बन सकता है। मेरा यह भी सोचना था कि तकनीक को सीखना एक बेहद सरल और सहज माहौल में होना चाहिए। कविता को सीखना आनंद होना चाहिए, तनाव नहीं।

इसी सोच को लेकर 'कविता की पाठशाला' की शुरुआत हुई। कविताप्रेमी और उसके मर्मज्ञ डॉक्टर जगदीश व्योम जी; जिन्हें मैं बरसों से जानता था,

हमारे मार्गदर्शक बने। कमलेश भट्ट 'कमल', अमिताभ त्रिपाठी, आनंद पाठक ने समय-समय पर हमारा कविता की अलग-अलग विधाओं से परिचय करवाया।

नवगीत, दोहे, हाइकु, माहिया, छंद से होते हुए हम ग़ज़ल तक पहुँचे जहाँ हमारा हाथ थामा नीरज गोस्वामी जी ने। उनका साथ दिया अनिल कुलश्रेष्ठ जी ने।

'ग़ज़ल' जैसा कि आप जानते हैं, आसान विधा नहीं है सीखने के लिए। इतने नियम और बारीकियाँ हैं कि आप उनमें उलझकर रह सकते हैं और फिर आप क्या कहना चाहते थे, यह पार्श्व में जा सकता है। नीरज भाई ने बहुत सहजता और प्यार से; जो ग़ज़ल लिखना शुरू करने के लिए ज़रूरी था, वही समझाया। परिणाम यह हुआ कि दर्जनों विद्यार्थी, जिन्हें ग़ज़ल का 'क', 'ख', 'ग' भी नहीं आता था, कुछ ही सप्ताह में ग़ज़ल कहने लगे। यह सिलसिला क़रीब ६ माह चला और इस दौरान बीसियों ग़ज़लें लिखी गयीं। जो ग़ज़ल लिखी गयीं, उन्हें नीरज जी और अनिल जी ने जाँचा और अपने सुझाव दिए। सुझावों को ध्यान में रखते हुए उन में सुधार किए गये।

'ग़ज़ल की पाठशाला' की समाप्ति के दौरान यह प्रस्ताव आया कि क्यों ना कुछ चुनी हुई ग़ज़लों को एक पुस्तक के रूप में लाया जाये। आनंद खरे, नीरज गोस्वामी जी ने इस में पहल की और यह पुस्तक आज आपके हाथों में है। मैंने पूरी किताब पढ़ी है, यह तो नहीं कहूँगा कि सब ग़ज़लें बहुत ऊँचे दर्जे की हैं और यह अपेक्षित भी नहीं था; लेकिन कुछ ग़ज़ल बहुत ख़ूबसूरत बन पड़ी हैं- कहन और तकनीक दोनों ही दृष्टि से। जैसा कि पुस्तक के नाम से ज़ाहिर है, यह सिर्फ़ आग़ाज़ है और जब आग़ाज़ इतना सुंदर है तो अंजाम की सिर्फ़ कल्पना ही की जा सकती है। मैं सभी ग़ज़लकारों के उज्ज्वल भविष्य की कामना करता हूँ और आशा करता हूँ कि आने वाले समय में इन सबका एक-एक ग़ज़ल संग्रह सामने आएगा।

अनूप भार्गव

संस्थापक - 'कविता की पाठशाला'

प्रिंसटन, न्यू जर्सी - अमेरिका

आग़ाज़ का आग़ाज़

नीरज गोस्वामी

बात ज़्यादा पुरानी नहीं है इसलिए मुझे अच्छे से याद है। शाम का वक़्त था जब श्री अनूप भार्गव जी का अमेरिका से फ़ोन आया। अनूप जी से मेरी पहचान तब से है जब से मैंने ब्लॉग पर ग़ज़लें पोस्ट करनी शुरू की थीं; यानी लगभग 16 वर्ष पूर्व हम दोनों ही श्री पंकज सुबीर से ग़ज़ल का व्याकरण उनके ब्लॉग पर नियमित चल रही कक्षाओं से सीखते थे। इधर-उधर की बातों के बाद उन्होंने कहा कि नीरज जी! आपको एक व्हाट्सएप ग्रुप के सदस्यों को ग़ज़ल कहना सिखाना है। उन्होंने साथ में यह भी बताया कि इस ग्रुप के सदस्य इससे पूर्व कविता, हाइकु, दोहे, माहिये, मुक्तक जैसी विधाएँ सीख चुके हैं और अब ग़ज़ल कहना-सीखने के इच्छुक हैं।

मैं जो ख़ुद ग़ज़ल का अदना सा विद्यार्थी हूँ, उनकी बात सुनकर चौंका। मैंने कहा- अनूप जी! यह ज़िम्मेदारी मैं नहीं उठा सकता; क्योंकि मैं इसके लिए ख़ुद को सक्षम नहीं मानता, आप यह ज़िम्मेदारी किसी और को सौंप दें। जो लोग अनूप जी को जानते हैं वे मेरी इस बात को मानेंगे कि अनूप जी जो बात ठान लेते हैं उसे फिर करके ही मानते हैं। मुझे उन्होंने बताया कि इस काम के लिए उन्होंने श्री 'कमलेश कमल' और श्री 'पंकज सुबीर' जी को भी तैयार कर लिया है। मैंने अपने आप को बचाने की जितनी भी कोशिशें कीं वो सबकी सब नाकामयाब रहीं।

सिर मुड़ाते ही ओले पड़े। सबसे पहले 'पंकज' जी ने और उसके बाद कमलेश 'कमल' जी ने अस्वस्थता के कारण क्षमा माँग ली। मरता क्या न करता अकेले ही डरते-डरते कक्षाएँ आरंभ कीं; क्योंकि अब जब ज़िम्मेदारी उठा ली थी

तो बचने का रास्ता भी नहीं था। धीरे-धीरे जितनी जानकारी मुझे थी, मैंने ग्रुप में डालनी शुरू की। सदस्यों में ग़ज़ल के प्रति रुझान पैदा किया। ग़ज़ल के लिए आवश्यक बहर, रदीफ़ और क़ाफ़िये आदि को समझाने के लिए लोकप्रिय हिंदी फ़िल्मी गानों का उदाहरण देना शुरू किया जिसे सभी सदस्यों ने पसंद किया।

मेरा व्यक्तिगत विचार है कि ग़ज़ल आपके भीतर होती है आपको कोई दूसरा सिर्फ़ उसका व्याकरण ही सिखा सकता है। आपके भीतर ग़ज़ल है तो आप उसका व्याकरण सीख कर उसे परिष्कृत रूप से कह सकते हैं। यही कारण है कि लगभग 250 सदस्यों वाले इस ग्रुप में से लगभग 10% लोग ही ग़ज़ल सीखने को आगे आये और उन्होंने सतत प्रयास जारी रखा।

ग़ज़ल के इस सफ़र में सिंगापुर निवासी श्री 'अनिल कुलश्रेष्ठ' जी का अतुलनीय सहयोग मुझे मिला। उन्होंने हर सदस्य का व्यक्तिगत ध्यान रखा, उनकी समस्याओं और जिज्ञासाओं का निवारण किया। यह पुस्तक हक़ीक़त में उन्हीं के भगीरथ-प्रयास का नतीजा है।

इस पुस्तक में संकलित सभी शायरों की ग़ज़लें उनकी शायरी के आग़ाज़ की नुमाइंदगी कर रही हैं। हमें उनके प्रयास का तहेदिल से स्वागत करना चाहिए। भले ही ये ग़ज़लें उस्तादों को स्तरीय न लगें; लेकिन इनमें से आने वाली कच्चे दूध-सी महक सभी को आकर्षित किए बिना नहीं रहेगी।

मैं इस संग्रह के सभी शाइरों के उज्जवल भविष्य की कामना करता हूँ और आशा करता हूँ कि इन सभी शाइरों का एकल ग़ज़ल-संग्रह जल्द ही हम सबके हाथों में होगा।

आमीन!

नीरज गोस्वामी
जयपुर
9860211911

अनुक्रम

आनंद खरे

आभा खरे

अचला झा

आलोक मिश्रा

अमित खरे

डॉ. अर्चना पाण्डेय

अरुण शर्मा

चंद्रभान मैनवाल

जयंती कुमारी

मधु गोयल

ममता मिश्रा

डॉ. मंजू यादव 'मृदुल'

मीनाक्षी कुमावत 'मीरा'

पूनम मिश्रा 'पूर्णिमा'

प्रतिमा प्रधान

प्रीति गोविंदराज

संतोष खरे

शर्मिला चौहान

शिव मोहन सिंह 'शुभ्र'

सुधा राठौर

उमेश मौर्य

विद्या चौहान

आनंद खरे

जन्म - 7th अगस्त 1966

शिक्षा - बी० ई० (इलेक्ट्रॉनिक्स एण्ड टेलीकम्युनिकेशन्स), एम० बी० ए०।

सम्प्रति - भारतीय दूरसंचार सेवा (ITS) में अधिकारी एवं बी० एस० एन० एल० के कॉर्पोरेट ऑफ़िस, नई दिल्ली में प्रधान महाप्रबंधक।

प्रकाशन-

i. 'कॉफ़ी मग' - हिंदी हाइकु, कविताओं एवं ग़ज़लों का संग्रह प्रकाशित, 'स्वप्नों की सेल्फ़ी'- हाइकु संकलन में हाइकु प्रकाशित।

ii. वेब पत्रिका 'अनुभूति', 'हाइकु दर्पण' एवं 'रेख़्ता फैंस क्लब' में रचनाएँ चयनित एवं प्रकाशित।

ii. बीएसएनएल की गृह पत्रिका 'संचार सारिका' में हाइकु पर लेख एवं हाइकु प्रकाशित।

iii. मासिक पत्रिका 'दी अंडरलाइन' के 'क्षणिका विशेषांक' में क्षणिकाएँ प्रकाशित।

iv. यूट्यूब पत्रिका 'शब्द चितेरे' में हाइकु चयनित।

ईमेल - anandkhare@hotmail.com
फ़ोन - 09868120070

बेज़ार हुए दिल को यूँ बहलाने की आदत
ये प्यार से ज़ुल्फ़ों को यूँ सहलाने की आदत

हँसना कभी रोना कभी आता है तेरे संग
बूढ़े से लतीफ़ों को ये दुहराने की आदत

वो बालों को रँगना वो बिना बात के हँसना
बढ़ती हुई इस उम्र को झुठलाने की आदत

वो सजना-सँवरना तेरा शर्मा के यूँ रहना
हाए वो अदा और वो इठलाने की आदत

आ जाती है आने से तेरे चेहरे पे रौनक़
'आनंद' बड़ी अच्छी है खुल जाने की आदत

✽

ज़ुल्फ़ों को आपने क्यूँ सर पे चढ़ा रखा है
दीवाना हमको ऐसे बेजा बना रखा है

सीने में हमने तेरा बुत भी छुपा रखा है
उम्मीद का दीया इक निस दिन जला रखा है

हम माँग कुछ भी लेते हैं आपसे कहीं भी
इतना हमें क्यूँ आख़िर मुँह से लगा रखा है

मालूम ना चला वो दीवाना क्यों हुआ था
मेरे दिमाग़ को तो तुमने हिला रखा है

देखा है हमने अक्सर तुमको किसी के घर में
क्या तुमको उसने ऐसा जलवा दिखा रखा है

मसरूफ़ आजकल हो उनकी नवाज़िशों में
जाने क़तार में क्यूँ हमको खड़ा रखा है

है ठीक बात शायद दिल खो गया हमारा
पलकों पे आपको पर हमने बिठा रखा है

✻

अपनों का न करते तो ग़ैरों का भला करते
ये भी नहीं करते तब क्या आप दुआ करते

हम ही न जो यूँ छुप छुप के देखा किया करते
क्यों आप कहीं आने जाने में सजा करते

हो जाती अगर पूरी जो दिल की तमन्नाएँ
फिर ये तो कहो किस पर हम जान दिया करते

गर छोड़ जो देते हम वो झूठी वजह देना
किस और बहाने से हम तुमसे मिला करते

ऐसे ही रहे सबका जीवन यूँ भरा सुख से
'आनंद' चलो मंदिर हम मिल के दुआ करते

✽

ख़ुशबू-सी उन अदाओं का अंदाज़ अब कहाँ
पहले जैसी वफ़ाओं का अंदाज़ अब कहाँ

बेशर्म हो गयी है फ़िज़ा मेरे दौर में
इज़्ज़त के क़बाओं का अंदाज़ अब कहाँ

मुश्किल से अब पहुँचती है धरती पे रोशनी
आलूद में शुआओं का अंदाज़ अब कहाँ

बाज़ार की तरह तो यहाँ अस्पताल हैं
वैद्यों की दी दवाओं का अंदाज़ अब कहाँ

मिलते हैं ज़िन्दगी में जो मतलब से वो मिले
माँ की दिली दुआओं का अंदाज़ अब कहाँ

जीवन की नैया पार लगाते थे जो कभी
केवट से नाख़ुदाओं का अंदाज़ अब कहाँ

छोड़ जब शर्म हम पास आने लगे
आप क्यों दूरियाँ यूँ बढ़ाने लगे

दफ़अतन राह में कोई जो मिल गया
बरसों के बाद गाने सुहाने लगे

काम जब था ज़रूरी हमें आप से
चेहरा असली क्यूँ अपना दिखाने लगे

ज़िन्दगी का सफ़र था बड़ा ही कठिन
धीरे-धीरे वो अपने ठिकाने लगे

कर गया ऐसा कुछ वो जहाँ के लिए
कि भुलाने में उसको ज़माने लगे

आभा खरे

जन्म : 5 अप्रैल, लखनऊ (उत्तर प्रदेश)

शिक्षा : बी.एस. सी (जीव विज्ञान)

संप्रति : स्वतंत्र-लेखन

पद्य : कविता की सभी विधाओं में सर्जन

गद्य : लघुकथा-लेखन

प्रकाशित कृतियाँ : विभिन्न साझा संकलनों में कविताएँ, नवगीत, हाइकु, क्षणिकाएँ व दोहे प्रकाशित; 'लघुकथा कलश' में लघुकथाएँ प्रकाशित; विभिन्न वेब-पत्रिकाओं में रचनाएँ प्रकाशित।

इनके अतिरिक्त विभिन्न समाचार पत्रों के साहित्यिक-परिशिष्ट में रचनाएँ प्रकाशित।

आकाशवाणी व दूरदर्शन से रचनाओं का प्रसारण। प्रतिलिपि, आगमन, रेयान मंच से सम्मान प्राप्त।

कोशिशें कीं बहुत पर कमी ही रही
ज़िन्दगी हाशिये पर खड़ी ही रही

कर रही हैं बयाँ सिलवटें दास्ताँ
नींद के घर सदा मुफ़लिसी ही रही

तल्ख़ियाँ ख़त्म करने लगीं राब्ता
दरमियाँ चुप लगी तो लगी ही रही

हमसफ़र बन गयी राह भी इस तरह
मंज़िलों के पते सौंपती ही रही

बाख़ुदा ये नज़र जो मिली आपसे
हर नज़र बाद उसके बुरी ही रही

तुमको ख़त तो कई मैंने दिल से लिखे
पर पता आदतन भूलती ही रही

❋

न लैला न शीरीं न जो हीर होती
मुहब्बत की जाने क्या तक़दीर होती

लबों पे हँसी प्यार दिल में अगर हो
कभी हाथ में फिर न शमशीर होती

खुला था क़फ़स पंख भी फड़फड़ाये
वो उड़ता, बँधी जो न ज़ंजीर होती

न होते हमारी अमीरी के चर्चे
ग़मों की मेरी जो न जागीर होती

खनकती न गुल्लक कभी यादों की जो
जमा बचपने की न तस्वीर होती

✽

ये हौसलों की बात और जोश बा-कमाल है
क़फ़स में है परिंदा पर उड़ान का ख़याल है

हुई हसीन और भी फ़ज़ाएँ तेरे आने से
बसी है हसरतों में जो वही शब-ए-विसाल है

हवाओं से लिपट के यूँ है याद तेरी आ गयी
कि जैसे उड़ के आ गया तेरा कोई रुमाल है

कँवल लिखा नशा लिखा, लिखा है झील भी मगर
लिखा न क़र्ब आँखों का हुआ बहुत मलाल है

उदासियाँ घुटन वहम सभी सितम ज़माने के
फ़क़त इन्हीं खिलौनों से ये ज़िन्दगी बहाल है

कहीं फ़िज़ा के साये में हुईं हैं ज़र्द पत्तियाँ
कहीं तो फूल पे बहार मल रही गुलाल है

✽

मेरी आँखों में जो झलक रहा तेरी चाहतों का ख़ुमार है
कि जो रूह मेरी महक उठी ये वो संदली तेरा प्यार है

ये नसीमे-सुब्ह ये ख़ुशबुएँ मुझे ले तो आयीं हैं उस गली
करें शाद दिल जो तमामतर न मिला मगर वो दयार है

तेरी फ़िक्र मुझको न मार दे ऐ शबे-फ़िराक़ गुज़र भी जा
चुभे हर नज़र तेरी तीर सी मेरे दिल के जो हुई पार है

नहीं रह गया किसी मोड़ का जो वजूद मेरी कहानी में
हुई ख़त्म ऐसे ये ज़िन्दगी कि हर एक पल लगे ख़्वार है

कहूँ कम नसीबी पे अपनी क्या मेरे हक़ में अब न दुआ कोई
मेरे सर पे हाथ जो फेर दे कहाँ ढूँढ़ूँ माँ का दुलार है

*

न जाने मुझको यक़ीन क्यों है वो मस्त मौला फ़क़ीर होगा
उबार ले जो मुसीबतों से ख़ुदा का बंदा या पीर होगा

नहीं महज़ है ये डायरी इक है दिल भी मेरा ये जान लेना
हर एक पन्ने पे नाम उसका मुहब्बतों की नज़ीर होगा

ये इश्क़ उसका मेरी इबादत मेरे जुनूँ का हुआ है हासिल
लुटा रहा जो यूँ प्यार मुझ पर वो कितना दिल का अमीर होगा

वो चुप बहुत था मगर लगा यूँ कि कह गया कुछ नज़र से अपनी
धड़क गया यूँ जो दिल हमारा फ़िज़ा में बिखरा अबीर होगा

वो तोड़ आया है बेरुख़ी से हर एक बशर से जो राबिता था
गिला नहीं है मैं जानती हूँ न उसका कोई ज़मीर होगा

अचला झा

जन्म- 8 नवंबर 1966

शिक्षा- एम० एस० सी० (मत्स्य विज्ञान)

संप्रति- स्वतंत्र लेखन

प्रकाशन- अमर उजाला में प्रकाशित रचनाएँ

-के० वि० व० गृह पत्रिका पूजा वार्षिक संकलन में कविताएँ प्रकाशित

ई मेल- achlajha09@gmail.com

फ़ोन- 9830794100

✻

छा रहा अंशु सुंदर सकारे लिए
लौटती है निशा चाँद-तारे लिए

चाहतों की ख़ुमारी चढ़ी है हमें
संदली प्यार के भर शिकारे लिए

जागते हर पहर गीत यूँ हम गुनें
गीतिका ज्यों बने इश्क़ सारे लिए

रोशनी की किताबें खुलीं आज से
जागती आँख है स्वप्न प्यारे लिए

हौसलों की उड़ानें न कैसे भरें
रहनुमा आप हैं अब हमारे लिए

ये मिलन यूँ रहे, ख़त्म हो ना कभी
नाम होठों पे, दिल में नज़ारे लिए

ज़िन्दगी आप बिन रंग महरूम है
ज्यों उफनती नदी बिन किनारे लिए

हों कहीं भी मगर दिल हुआ आपका
आप ही बस हमारे, हमारे लिए

✽

घुली हवा में महक पारिजात खिलते हैं
बहें ख़ुशी की बहारें उमंग भरते हैं

झुके नयन हैं तेरे पर सवाल करते हैं
कहो किधर को चले हम भी साथ चलते हैं

क़रार मुझसे मेरा कौन छीन पायेगा
मेरी निगाह में अब ख़्वाब तेरे पलते हैं

उठे नज़र ये जिधर प्यार का ही मौसम है
खिली-खिली सी सुबह लोग हँस के मिलते हैं

जगी है आस शरद झूमती नगाड़ों पर
लदी ज़मीन कि शिउली के फूल झरते हैं

सफ़ेद कास यहाँ खेलते हवाओं में
विलग हुआ है अँधेरा ये ज्योत भरते हैं

❃

दिल की किताब से तुम उस नाम को हटा दो
वो हो गयी परायी उस बात को भुला दो

वो थी नहीं तुम्हारी किस बात पे ख़फ़ा हो
ना चैन-ओ-सुकूँ है तुम फिर भी मुस्कुरा दो

ख़ामोशियों के स्वर को हौले से चुप से सुनना
कुछ मेरी भी सुनो तुम कुछ अपनी भी सुना दो

तन्हाइयों में यूँ तो बैचैनियाँ भी होंगी
बैरी लगे ये चँदा परदा ज़रा गिरा दो

बिजली सी कौंधती है गर याद की घटाएँ
आँखें खुली न रखना पलकों को तुम झुका दो

✽

ओंठ को भींच के सिया उसने
नैन से हाय कह दिया उसने

बंदिशें कौन मानता अब है
भर के जी आज फिर जिया उसने

चाँद दिल से बुरा नहीं फिर भी
दिलजलों को जला दिया उसने

चाँदनी से न प्यार का वादा
बेक़रारी में क्या किया उसने

चाँद शायर बना ग़ज़ल लिखता
हर ग़ज़ल को तभी जिया उसने

✻

जब चली बात तेरी नैन झुके उफ़ तौबा
तेरी आहट पे क़दम ऐसे उठे उफ़ तौबा

मैं फिरा सारे शहर नाम तेरा ले-लेकर
ढूँढ़ता हूँ उसे जो मिल न सके उफ़ तौबा

मसअला ये नहीं सुलझे करूँ मैं क्या बोलो
उलझनों में रहूँ उलझा वो कहे उफ़ तौबा

✻

दरीचों को खुला रखना बही ख़ुशबू हवाओं में
बसे हो तुम तुम्हीं बसना रगों में इन सदाओं में

कभी तारे फ़लक से आ ज़मीं को छू सकेंगे क्या
रहेंगे या वहीं घिरकर घनेरी उन घटाओं में

उसे मालूम है तालिब मैं ख़्वाहिशमंद उसका हूँ
मुबारक वो घड़ी होगी गुज़ारे जो वफ़ाओं में

सुकूँ जो दे सके वो ज़िन्दगी फिर लौट आएगी
फिसलती रेत-सी तहरीर क़िस्मत की ख़लाओं में

आलोक मिश्रा

आलोक जी का जन्म १ दिसंबर १९६५ को कानपुर में हुआ। आलोक जी ने अपनी प्रारंभिक शिक्षा रायबरेली ज़िले के एक छोटे से गाँव रंजीतपुर लोनारी में प्राप्त की। छठी कक्षा पास करने के बाद आप अपने पिता के पास कानपुर आ गए और वहाँ के बी० एन० एस० डी० इंटर कॉलेज से बारहवीं तक की पढ़ाई पूरी की। तदुपरांत आपने डी० एम० ई० टी० कलकत्ता से मरीन इंजीनियरिंग की पढ़ाई पूरी करके मालवाहक जहाज पर मरीन इंजीनियर के रूप में अपनी नौकरी की शुरूआत की। इस दौरान विश्व के कई देशों में जाने के अवसर प्राप्त हुए।

आप वर्ष २००३ में अपने परिवार सहित सिंगापुर आ गए और एक बहुराष्ट्रीय शिपिंग कम्पनी में नौकरी प्राप्त की। यहाँ पर आपने एम० बी० ए० की डिग्री हासिल करने का सपना पूरा किया। आलोक जी सिंगापुर के स्थायी निवासी हैं और एक शिपिंग कम्पनी में टेक्निकल मैनेजर की हैसियत से कार्यरत हैं।

बहुआयामी प्रतिभा के धनी आलोक जी को हिंदी साहित्य पढ़ना और नाटकों में काम करना बेहद पसंद है। आपको फिल्मों में भी काम करने के अवसर प्राप्त हुए हैं।

आलोक जी का मानना है कि अपने विचारों को व्यक्त करने के लिए लेखन एक सशक्त माध्यम है। आलोक जी लेखन के सशक्त माध्यम से अपने विचार कविताओं और कहानियों में कुशलता पूर्वक व्यक्त करते हैं। आपकी कविताएँ, आलेख और कहानियाँ विभिन्न पत्रिकाओं में प्रकाशित हो चुकी हैं। आलोक जी के तीन साझा काव्य संग्रह प्रकाशित हो चुके हैं।

✻

बात कहने को अभी बाक़ी है क्या
चुक गयी मय तिश्नगी बाक़ी है क्या?

आइने में अक्स से यह पूछना
ज़िन्दगी में ज़िन्दगी बाक़ी है क्या?

बस मुखौटे ही दिखे इस भीड़ में
आदमी में आदमी बाक़ी है क्या?

शर्म क्या है आँख का पानी ही तो
आँख का पानी अभी बाक़ी है क्या?

बाहरी चकमक के इस माहौल में
अंदरूनी सादगी बाक़ी है क्या?

बिक रहीं बे-मौसमी फल, सब्जियाँ
मौसमों की ताज़गी बाक़ी है क्या?

हीर-राँझा की ग़ज़ब थी आशिक़ी
वो रूहानी आशिक़ी बाक़ी है क्या?

दीप ने जलकर उजाला तो किया
बुझ गया तब रोशनी बाक़ी है क्या?

बड़ी शैतान है ये ज़िन्दगी क्या गुल खिलाती है
कभी थोड़ा हँसाती है कभी जमकर रुलाती है

कली को भी पता है फूल बनकर हाल क्या होगा
मगर फिर भी चमन को ख़ुशबुओं से यह सजाती है

पता बाती को भी है नाम तो दीये का होएगा
स्वयं जलकर भी वो दीये के संग यारी निभाती है

'वो दिन भर ऐश करती है' झटक दो इन ख़यालों को
बनाते तुम मकाँ केवल मगर वो घर बनाती है

निशा-ओ-भोर में देखो ग़ज़ब की दोस्ती-यारी
निशा सपने दिखाती, भोर उनको सच कराती है

करें हम काम अपना लक्ष्य मन में साध कर निसदिन
मिले जो फल करें स्वीकार यह गीता बताती है

ख़ुशी से झूम उठता मन ये मंज़र देखकर 'आलोक'
सफलता की डगर पर पाँव जब बेटी बढ़ाती है

*

प्रेम का दीपक है जलता क्यों नहीं
आदमी नफ़रत कुचलता क्यों नहीं

खो गया है बचपना जाने कहाँ
ज़िद में बचपन अब मचलता क्यों नहीं

कब तलक भागूँ मैं पीछे वक़्त के
वक़्त मेरे साथ चलता क्यों नहीं

कष्ट का सैलाब धरती पर प्रभू
दिल तेरा कोमल पिघलता क्यों नहीं

है युवाओं पर भरोसा तो मगर
फिर भी दिल से डर निकलता क्यों नहीं

ग़लतियों पर ग़लतियाँ करता बशर
सीख लेकर वो सँभलता क्यों नहीं

देश के वीरों की गाथाओं को सुन
गर्व से बच्चा उछलता क्यों नहीं

✻

ख़याल मन को भाएगा लिखेंगे तब ग़ज़ल नयी
नया सुरूर छाएगा लिखेंगे तब ग़ज़ल नयी

सभी को रोटियाँ मिलेंगी और हर बशर यहाँ
जो पेट भर के खाएगा लिखेंगे तब ग़ज़ल नयी

लगा रहा है घाव इक जिसे भी देखिए नया
दवा कोई लगाएगा लिखेंगे तब ग़ज़ल नयी

प्रजा के दर्द बाँटने महीप जब महल से दूर
प्रजा के पास आएगा लिखेंगे तब ग़ज़ल नयी

सहूलियत किसान को मिले फ़सल के वास्ते
किसान मुस्कराएगा लिखेंगे तब ग़ज़ल नयी

मिटा के नफ़रतों को गीत गुनगुनाएँ प्यार के
जहान खिलखिलाएगा लिखेंगे तब ग़ज़ल नयी

पढ़ा-लिखा युवक भटक रहा है काम के लिए
वो रोज़गार पाएगा लिखेंगे तब ग़ज़ल नयी

उसी पुरानी बात को मैं बार-बार क्या कहूँ
जो दिल को रास आएगा लिखेंगे तब ग़ज़ल नयी

बशर तुझ सा नहीं देखा करे जो ऐसी नादानी
तू बैठा शाख़ पर जिस काटने की है उसे ठानी

तुझे जो मिल गए हैं मुफ़्त में ही ये शजर सारे
यही कारण है तूने इनकी क़ीमत भी न पहचानी

सजाए अपने घर तूने शजर की लकड़ियाँ लेकर
मिटाता जिस तरह से तू शजर होती है हैरानी

जिधर देखो टिश्यू पेपर का होता ख़ूब इस्तेमाल
लगा है हॉल में ए. सी. मगर दुनिया है वीरानी

कभी सोचा है तूने क्या शजर ही जब नहीं होंगे
मिलेंगे किस तरह फल-फूल, बरसेगा कहाँ पानी

शजर की अहमियत से तो बशर तू ख़ूब वाक़िफ़ है
मगर फिर भी उन्हें तू काट कर करता है शैतानी

बड़ा अच्छा हुआ कुछ देश में दुर्गम पहाड़ी हैं
जो तेरी पैठ से बाहर न चलती तेरी मनमानी

अमित खरे

संयुक्त संचालक, मध्य प्रदेश विद्युत् नियामक आयोग, भोपाल (म० प्र०)

शिक्षा - विद्युत् अभियांत्रिकी में स्नातकोत्तर उपाधि।

प्रकाशन - विभिन्न ई-पत्रिकाओं एवं समाचारपत्रों में रचनाएँ प्रकाशित। विभिन्न राष्ट्रीय एवं अंतरराष्ट्रीय प्रतियोगताओं में विजेता। विगत दो वर्षों से 'कविता की पाठशाला' व्हाट्सएप्प समूह की सक्रिय सदस्यता।

मोबाइल - 9406902151

ई-मेल - amit190767 @yahoo.co in

✽

क्यों ज़माने में मुहब्बत की कमी है?
क्यों झगड़ता आदमी से आदमी है?

दिल मेरा रोया बिछड़ते वक़्त लेकिन
आँख में तेरी नज़र आई नमी है

हम बसायेंगे जहाँ चैनो-अमन का
इन इरादों पे ही तो धरती थमी है

दो अगर तलवार हों इक म्यान में तो
ये समझ लेना कि रिश्ता बाहमी है

क्यों 'अमित' अशआर रूमानी न होंगे
सोच शायर की ज़रा-सी शबनमी है

✻

चाँदनी रात है ग़ज़ल कहिए
तंग औक़ात है ग़ज़ल कहिए

दरमियाँ बात क्या ज़रूरी है
सिर्फ़ जज़्बात हैं ग़ज़ल कहिए

हो गयी यक-ब-यक कभी यूँ ही
इक मुलाक़ात है ग़ज़ल कहिए

आपको ना लगी अजी बेशक
ख़ास कुछ बात है ग़ज़ल कहिए

शर्म से आँख उठ न पाती है
ये भी सौग़ात है ग़ज़ल कहिए

आज कुछ रंग में 'अमित' भी है
और बरसात है ग़ज़ल कहिए

✽

मुझे ख़्वाबों में अक्सर दिन पुराने याद आते हैं
बड़ी तहरीर से गुज़रे ज़माने याद आते हैं

नहीं कुछ याद रखने की मिली थीं झिड़कियाँ जिनमें
मज़ा अब देखिए वो भी फ़साने याद आते हैं

कभी दिल के अजायबघर में भी तशरीफ़ ले आओ
फ़लानी चीज़ देखो तो फलाने याद आते हैं

बड़ी मासूमियत थी उस अज़ीम-ओ-पाक हसरत में
मुलाक़ातों से ज़्यादा तो बहाने याद आते हैं

हमें दिल के उसी हिस्से में थोड़ी-सी जगह दे दो
दुआओं में जहाँ सज्दे निभाने याद आते हैं

रहा करते ज़ेहन में जो कहो कैसे भुलाएँ वो
ज़रा सा गुनगुनाओ तो तराने याद आते हैं

भरा है पेट फिर भी भूख क्यों मिटती नहीं मेरी
वही गोबर लिपे चूल्हे, वो खाने याद आते हैं

'अमित' जिनको भुलाकर ज़िन्दगी आगे निकल आयी
न कोई बात है फिर भी क्यूँ जाने याद आते हैं

कुछ समझ आता नहीं क्या हो गया है
आजकल मेरा पता ही खो गया है

ढूँढ़ता कुछ रोज़ से था जो तख़ल्लुस
गुमशुदा नज़्मों में पाया वो गया है

गर्दिशों के दिन ख़तम होते नहीं हैं
ये कहाँ मेरा मुक़द्दर सो गया है

क्या ग़ज़ब ऐसा हुआ मुर्दानगी है
एक तारा ही जहाँ से तो गया है

क्या ग़ज़ब ऐसा हुआ पछता रहे हो
एक मौक़ा हाथ ही से तो गया है

ख़ैरियत से हूँ जहाँ भी हूँ भला हूँ
मत परेशाँ हो कहाँ है जो गया है?

राह अरसे से रहे थे देख जिसकी
वो अभी आया नहीं था लो गया है

वो 'अमित' इक रोज़ लौटेगा यक़ीनन
कुछ ग़लतफ़हमी लिये भी गो गया है

✻

जिसे याद कर दिल दिवाना हुआ है
वो लम्हा जिये अब ज़माना हुआ है

मुझे उनके आने से लगता है ऐसे
शगुन का मेरे घर पे आना हुआ है

वही नाम काफ़िर का देता है हमको
कि हमने ख़ुदा जिस को माना हुआ है

मैं ज़िन्दा रहूँ पर न साँसें लूँ खुल के
ये कैसा हुकुम तालिबाना हुआ है

तेरी दास्ताँ में मेरा ज़िक्र शामिल
मुदा लफ़्ज़ में वो फ़लाना हुआ है

ज़रा वक़्त लूँगा रवाँ होते-होते
शुरू बस अभी ये फ़साना हुआ है

'अमित' क्या वफ़ाओं की चर्चा से हासिल
वो क़िस्सा तो बेहद पुराना हुआ है

❁

ख़ुद की बर्बादी का बंदोबस्त सारा कर लिया
जानते थे बेवफ़ा हो पर भरोसा कर लिया

कब तलक सहता भला नालायक़ी इंसान की
लो शराफ़त से ख़ुदा ने भी किनारा कर लिया

जब कभी हम अक़्लमंदी के दिखावे में पड़े
बस तभी इक बेवक़ूफ़ी में इज़ाफ़ा कर लिया

ख़्वाहिशों को भूल हमने सब्र को तरजीह दी
जो सुकूँ से मिल गया उसमें गुज़ारा कर लिया

छोड़ आये मंज़िलें वो जो हमारी थीं नहीं
नाख़ुशी से ही सही पर काम पुख़्ता कर लिया

आजकल हस्सास इंसानों से ख़ाली है जहाँ
मर चुके एहसास को तो दफ़्न कब का कर लिया

बाँटते ख़ुशियाँ फ़क़त तो क्या अलग करते बता
इसलिए तेरे 'अमित' ग़म को ही साझा कर लिया

डॉ. अर्चना पाण्डेय

जन्म तिथि : फरवरी, 20

स्थाई निवास : प्रयागराज, उत्तर प्रदेश

शिक्षा : एम.ए (हिंदी), बी.एड., एम.फिल., पीएच.डी. (भाषा विज्ञान) अनुवाद एवं पत्रकारिता में स्नातकोत्तर डिप्लोमा, होटल, ट्रैवल एवं पर्यटन प्रबंधन में डिप्लोमा ।

अभिरुचि : कविता, गीत, ग़ज़ल, माहिया, लेख, लोकगीत।

प्रकाशित पुस्तकें : 1. मन गाता है - (एकल काव्य संग्रह) 2022, नया आसमान-नयी उड़ान - (साझा काव्य-संग्रह-संपादन) 2021, नागरी निराली - (साझा काव्य-संग्रह) 2021, रक्षा अनुसंधान एवं विकास क्षेत्र में विज्ञान लेखन- 2020, एक कदम और (साझा काव्य-संग्रह) 2020, गुलदस्ता (साझा गज़ल-संग्रह) 2020, गुलमोहर (साझा काव्य-संग्रह-संपादन) 2019, डीआरडीएल तकनीकी शब्दावली (संपादन) 2016, संरक्षा स्वास्थ्य एवं, पर्यावरण पुस्तिका (अनुवाद) 2014

सम्मान/पुरस्कार : 'साहित्य शिरोमणि' विक्रमशिला हिंदी विद्यापीठ, भागलपुर, बिहार, 2021, 'काव्य-रथी' (काव्यधारा प्रकाशन) हैदराबाद, तेलंगाना, 2020, 'भाषा-समन्वयक' सम्मान अंतरा-शब्दशक्ति, मध्य प्रदेश, 2019 , 'विद्या-सागर' विक्रमशिला हिंदी विद्यापीठ, भागलपुर, बिहार, 2018, 'राजभाषा पुरस्कार' डीआरडीएल, (रक्षा मंत्रालय) हैदराबाद, तेलंगाना, 2016, 'विद्या- वाचस्पति' विक्रमशिला हिंदी विद्यापीठ, भागलपुर, बिहार, 2012

संप्रति : सहायक निदेशक (राजभाषा), डीआरडीएल, डीआरडीओ, रक्षा मंत्रालय, हैदराबाद

वर्तमान निवास : फ्लैट नंबर-502, फार्च्यून वज्रा, श्रीदत्तानगर, कंचनबाग, हैदराबाद (तेलंगाना)

संपर्क सूत्र : 9490988360

Email ID : archana.drdl10@gmail.com

Blog : www.archana1122.blogspot.com/

Facebook : www.facebook.com/archana.chaturvedi.90

You Tube : www.youtube.com/channel/UCiONDcW9qZWid-eHyi06v0w (बहे-पुरवइया)

✻

क्यों न जीवन में ज़रा प्यार मिलाया जाये
रंग नफ़रत का हो तो दिल से मिटाया जाये

क़ैद हैं दिल में कई बात पुरानी लेकिन
रंज की बात चलो आज भुलाया जाये

काम आसान है औरों को नसीहत करना
जो हैं गुमराह उन्हें राह दिखाया जाये

लोग पासे लिये बैठे हैं बिछाकर चौसर
यूँ ही जूए में न जीवन को गँवाया जाये

'अर्चना' गीत ज़माने के सुने हैं लेकिन
सच की तस्वीर भी दुनिया को दिखाया जाये

✻

इक ज़माना नया बनाना है
प्यार का दीप इक जलाना है

ना रहे घर कोई अँधेरे में
रोशनी से उसे सजाना है

लोग देंगे मिसाल गा-गाकर
मीत से प्रीत यूँ निभाना है

दर्द देती जो प्यार के बदले
रीत जग से वही मिटाना है

कोई मंगल पे जा रहा देखो
नींव की ईंट ना भुलाना है

'अर्चना' है खड़ी ग़ज़ल बनकर
सारी दुनिया का ग़म भुलाना है

✽

एक मीठी चुभन दे गया
खिलखिलाता गगन दे गया

थपकियों से सुला कर मुझे
काहे झूठे सपन दे गया

ज़िन्दगी में मिला इस तरह
जैसे मुझको नयन दे गया

ख़्वाब में रोज़ आने का क्यों
एक झूठा वचन दे गया

क्या शिकायत करूँ, जोगिए!
एक मन की अगन दे गया

'अर्चना' फिर दिवानी हुई
कोई कान्हा लगन दे गया

❃

रोज़ बाज़ार जाया करो
और ख़बरों में आया करो

हो रही है तरक़्क़ी किधर
आँकड़ों में बताया करो

तुम विवादों से घोलो ज़हर
रोज़ टी. वी. पर छाया करो

उन ग़रीबों की किसको फ़िकर
तुम न उनको सताया करो

जाम छलका सियासी करे
जश्न यूँ तुम मनाया करो

नब्ज़ दुखती है किसकी किधर
बस पता ये लगाया करो

हो न हो कुछ भी हक़ीक़त मगर
खाब झूठे दिखाया करो

कोतवाली में सैंया तेरे
लूट कर ख़ूब खाया करो

कोई देखे जो बदमाशियाँ
उसकी हस्ती मिटाया करो

सच न फिर से पनपने लगे
जड़ को मट्ठा पिलाया करो

ना सुराग़ों का होगा पता
सारी बस्ती जलाया करो

कौन सुनता है किसकी यहाँ
दाम सच का लगाया करो

'अर्चना' है ज़माना बुरा
आइना ना दिखाया करो

✽

रोज़ शिकवे शिकायत करो
और हमसे मुहब्बत करो

होकर ओझल मेरी आँख से
तुम न ऐसी शरारत करो

दुश्मनों को नसीहत मिले
एक ऐसी शहादत करो

हो ख़ुदा दर पे तेरे खड़ा
नेक इतनी इबादत करो

तुमको भूले नहीं पीढ़ियाँ
तुम खड़ी इक इमारत करो

बिजलियाँ भी गिरें प्यार से
चाशनी सी इबारत करो

न्याय सबको मिले "अर्चना"
एक ऐसी अदालत करो

अरुण शर्मा

जन्मस्थान - दिल्ली

जन्म तिथि - 4 जनवरी 1948

योग्यता - दिल्ली विश्वविद्यालय से स्नातक

किए गए कार्य - 1. किर्लोस्कर ऑयल इंजन लिमिटेड में काम किया।

2. यूनाइटेड ऑटो ट्रैक्टर्स लिमिटेड में काम किया।

3. राइडर गियर प्राइवेट लिमिटेड से विपणन विभाग के प्रमुख के रूप में सेवानिवृत्त हुए।

4. 2013 में अमेरिका चले गए और अब एक गैस स्टेशन और एक वाइन शॉप का अपना व्यवसाय चला रहे हैं।

*

ग़ज़ल लिखो, ग़ज़ल कहो, मगर ज़रा सँभाल के
रदीफ़-क़ाफ़िये चुनो, मगर ज़रा सँभाल के

ख़याल बेमिसाल हों बहर बने कमाल की
मुशायरे किया करो, मगर ज़रा सँभाल के

बँटा पड़ा समाज है, अलग-थलग हुए सभी
मुहब्बतों से जोड़ लो, मगर ज़रा सँभाल के

विचार हों भले अलग, हटाओ दूर नफ़रतें
कलाम प्यार के कहो, मगर ज़रा सँभाल के

ठिकाना सब का एक है, नमाज़ हो कि वन्दना
चलो उसे पुकार लो, मगर ज़रा सँभाल के

सियासतों का काम है, दिलों में फ़र्क़ डालना
चुनाव में जवाब दो, मगर ज़रा सँभाल के

✻

मदमस्त वादियों ने मुझको लुभा लिया है
क़ुदरत की नेमतों का सौ बार शुक्रिया है

जज़्बात पे नहीं है कुछ क़ाबू आज दिल का
उनकी नज़र की मय ने मदहोश कर दिया है

सुर-ताल में सुनी हैं हर रोज़ हम ने ग़ज़लें
महबूब की ग़ज़ल का दमदार क़ाफ़िया है

ज़िद पे अड़े हो तुम भी, हम भी अना पे क़ायम
मन में तो घुट रहे हैं होंठों को सी लिया है

महँगाई मार देगी मजबूर आदमी को
मज़लूम मुफ़लिसों को इसने रुला दिया है

✻

साथ रह के मिल के चलना तो गुज़र की बात है
पर विचारों का मिलन होना बसर की बात है

फूल तो सब ख़ूबसूरत लगते ही हैं बाग़ में
पर गुलाबों का सजाना ख़ुश-ख़बर की बात है

ख़ास अपने आज मेरे ही मुख़ालिफ़ हो गए
ग़ैर की ना समझो ये तो हम सफ़र की बात है

धूप-छाया झूठ-सच होता सभी कुछ है यहाँ
ख़ुद ही हमने क्या तलाशा ये नज़र की बात है

सबकी अपनी है कहानी हो पुजारी-मौलवी
कौन कितना है बहकता ये असर की बात है

हम सबक़ लेकर के भी नादाँ के नादाँ ही रहे
अब तलक की ज़िंदगी के ये सफ़र की बात है

✻

हर रोज़ वो हिजाब बदलते चले गए
जज़्बात बेहिसाब मचलते चले गए

अरमान था कि साथ गुज़ारेंगे ज़िंदगी
अरमान मेरे दिल के कुचलते चले गए

कुछ इस तरह जलाया मेरा उस ने आशियाँ
सब ख़्वाब जलती आग में जलते चले गए

हर शख़्स ग़मगुसार की चाहत में है यहाँ
हम भी तलाशते हुए चलते चले गए

सोचा यही था दुनिया में कुछ नाम हम करें
घर बार की भँवर में फिसलते चले गए

अशआर लिख रहा था तेरे नाम के 'अरुण'
कुछ बेलगाम आँसू निकलते चले गए

पास आकर नज़र क्यूँ चुराने लगे
फिर नये तुम बहाने बनाने लगे

मुद्दतों बाद घर में उजाला हुआ
रोशनी के दिये टिमटिमाने लगे

फूल दिल के चमन में खिले इस तरह
गीत सावन के मल्हार गाने लगे

उँगली मेरी पकड़कर चले जो कभी
मुझको बाँहें पकड़कर चलाने लगे

आप तो मेरे बेहद क़रीबों में थे
दूरियाँ मुझ से फिर क्यूँ बढ़ाने लगे

मत करो नफ़रतें धर्म के नाम पर
आग क्यूँ अपने घर को लगाने लगे

जिन के अपने क़रीब होते हैं
वो दिलों के हबीब होते हैं

दूसरों के न काम आएँ जो
वो बड़े बदनसीब होते हैं

मत सताओ कभी ग़रीबों को
उनके आँसू सलीब होते हैं

मुफ़लिसों पर रहम जो करते हैं
लोग वो ही नजीब होते हैं

तानाशाहों से जो नहीं डरते
वो ही सच्चे अदीब होते हैं

चंद्रभान मैनवाल

जन्म स्थान	: ग्राम सिकरौढ़ा जिला हरिद्वार ।
जन्म तिथि	: 01/01/1955
योग्यता	: स्नातक।
व्यवसाय	: वाणिज्य कर विभाग, उत्तर प्रदेश से वरिष्ठ सहायक पद से सेवा निवृत्त।
सृजन	: हाइकु पुस्तक, 'उजाले की ओर' 2015 में प्रकाशित।
रुचियाँ	: स्वतंत्र लेखन।
डाक का पता	:1B/6823 गली न.7 नवीन नगर, सहारनपुर यू. पी.
स्थाई पता	: ग्राम व डाक खाना सिकरौढ़ा जिला हरिद्वार।
मोबाइल न.	: 9411295388

❃

वो जब गहराई तक जाकर हक़ीक़त जान लेते हैं
किसी मशहूर शायर का कोई दीवान लेते हैं

हुकूमत आनी-जानी है, कभी इनकी, कभी उनकी
ये जुमलेबाज़ है कितनी सभी पहचान लेते हैं

चलो हम दर्द पैदा करके देखें अपने सीने में
ग़ज़ल के वास्ते हम दिल का कहना मान लेते हैं

किसी दूजे की छाया में, भला कब तक जियेंगे हम
फ़ना होने की हम दोनों चलो अब ठान लेते हैं

क़लन्दर हो महात्मा हो या कोई ज्ञानी-ध्यानी हो
बड़ा हो या कोई छोटा सभी से ज्ञान लेते हैं

❁

गुज़रते हो अगर सहरा से दहशत छा ही जाती है
हवा पुरवाई होगी तो थकावट आ ही जाती है

बचाकर कितना भी रक्खें ज़माने की निगाहों से
मेहरबाँ हुस्न होगा तो नज़ाकत आ ही जाती है

ये महिमा राम की कुछ है जवानी का तक़ाज़ा कुछ
अदाएँ शोख़ के चलते कमर बल खा ही जाती है

उठा ले दुश्मनी ख़ंजर मुझे कुछ हो नहीं सकता
दुआएँ सर पे हों माँ की बचाने आ ही जाती है

है मेहनत रास्ता छोटा तो उससे और छोटा क्या
जो क़िस्मत साथ मिल जाये तो दुनिया भा ही जाती है

✿

अम्बर की नज़र वाले धरती से गुज़रते हैं
सोने के महल वाले मिट्टी में उतरते हैं

है चाँद कोई आया दरिया में भी चमकेगा
दमदार कहानी से किरदार निखरते हैं

कुछ लोग तो ऐसे हैं मयख़ाने में प्यासे हैं
साक़ी की नज़र से भी पैमाने से डरते हैं

है प्यार में भी यारों दस्तूर कैसे-कैसे
जीते उसी के दम पर जिसके लिए मरते हैं

✻

ग़ज़ल को लेके चलते हैं पहाड़ों की दिशाओं में
सभी का चाहता है दिल बसेरा हो हवाओं में

न इसमें वो अदा बाक़ी, वफ़ा बाक़ी न भोलापन
घुटन महसूस करती है ये अपने को ख़लाओं में

ग़ज़ल ने ठोकरें खायीं बहुत कोठे की चौखट पर
बहुत छोटा समझती है ये अपने को अदाओं में

ये महफ़िल लूटने वाले ग़ज़ल की नस से वाक़िफ़ हैं
ये देवी ज्ञान की बनकर के छाती है सदाओं में

✻

अहम ज़रा भुला के चल नज़र ज़रा झुका के चल
मिला है रोशनी का घर तो घर ज़रा बचा के चल

अजीब लोग हैं यहाँ अजीब इनकी दास्ताँ
जो ठेकेदार धर्म के हैं उनसे बच बचा के चल

अगरचे सार गर्म है सटीक वार कर तभी
है वक़्त इंतज़ार में तू शस्त्र सब उठा के चल

जो भीड़ में चलेंगे तो वजूद मिट सा जायेगा
भले ही रोशनी हो कम अलग दिया जला के चल

ख़ुदा है साथ 'मैनवाल' किसलिए उदास है
मिला नहीं जो रास्ता तो रास्ता बना के चल

जयंती कुमारी

जन्म-01/03/1978

शिक्षा- एम० ए०, बी०एड०

संप्रति- NAEMD कॉलेज नोएडा में हिंदी के असिस्टेंट प्रोफ़ेसर के रूप में कार्यरत

रुचि- साहित्यिक पठन-पाठन-लेखन में अभिरुचि। हिंदी मैथिली में लेखन।

प्रकाशन- अभिसारिका मैथिली काव्य-संग्रह, बिहार के महिला ग़ज़लकार साझा ग़ज़ल संग्रह

ई मेल- jayanti.jha04@gmail.com

Mobile- 9891941811

*

आपसे मिलकर लबों को मुस्कुराना आ गया
एक बुझती लौ को फिर से जगमगाना आ गया

चाँद ने जैसे फ़लक पर छेड़ दी मीठी ग़ज़ल
जिसको सुनके तारकों को टिमटिमाना आ गया

सुर सजा तन्हाइयों की टूटती शहनाई में
चुप खड़ी ख़ामोशियों को गुनगुनाना आ गया

हो गयीं रातें गुलाबी हिज्र वाली शाम की
प्यार वाले जुगनुओं को भुकभुकाना आ गया

आस के भौंरे मचलने झूमने गाने लगे
आरज़ुओं के गुलों को खिलखिलाना आ गया

रात की रानी को छूकर बहका जाता है पवन
सो रहे अरमाँ को देखो चहचहाना आ गया

इश्क़ की नज़रों से रौशन हो गया घर-आँगना
और छत पर चाँदनी को झिलमिलाना आ गया

क्यों न पीये जाम 'गुड्डी' जब पिलाये ज़िंदगी
दिल के जज़्बातों को मेरे लड़खड़ाना आ गया

✽

ये घुटन, ये बेबसी, ये दर्द यारा क्या करें
प्यास तो बुझती नहीं ये अश्क खारा क्या करें

कल जो अपने थे हुए हैं आज बेगाने यहाँ
ये बदलते रोज़ रिश्तों का सहारा क्या करें

आप ही से ज़िन्दगी थी आप से ही था जहाँ
आप ही अपने नहीं फिर जग ये सारा क्या करें

चाहते तो हैं सजें फूलें फलें सब डालियाँ
ठूँठ से जीवन को पर तुम बिन सँवारा क्या करें

बाँध पाएगा न इस को कोई भी बंधन कभी
टूटने से डर गया है मन का तारा क्या करें

है नहीं कोई कहीं सुन ले सदा जो मौन की
हर दफ़ा लौटी है तन्हा, अब पुकारा क्या करें

रोशनी ही रास नज़रों को न आए फिर भला
चाँद सूरज दीप जुगनू और सितारा क्या करें

कोसते रहते हैं अब दिन-रात क़िस्मत को यूँ ही
दिल हुआ है इश्क़ में बिल्कुल नकारा क्या करें

आज जो हँसता है 'गुड्डी' दूसरों के हाल पर
अस्लियत में है वही सबसे बिचारा क्या करें

इतनी सी है गुज़ारिश बस एक बार आओ
होंठों पे ले तबस्सुम ऐ मेरे प्यार आओ

सूरज सजाऊँ माथे निशि को नयन में आँजूँ
गूँधूँ चमन लटों में कर लूँ सिंगार आओ

पुरबा सी डोलूँ बेकल घायल हिरण ज्यूँ वन में
चित चैन पाएगा जब तुम बन क़रार आओ

फीके हैं सारे मौसम तुम बिन ओ जानेजाना
मुरझाईं मन की कलियाँ लेकर बहार आओ

ये रंजिशें हैं यूँ ही, इनको न तूल देना
आबाद हो मुहब्बत तज जीत हार आओ

आकर के अब जो जाओ, दे दूँ विदा में साँसें
देते हैं जाँ ख़ुशी से हम जाँनिसार आओ

आँखों ही आँखों में सब बात हुई जाती है
आज जज़्बात की बरसात हुई जाती है

दिल हुआ गुम कि जिगर बैठ गया घबराकर
हाय ये कैसी मुलाक़ात हुई जाती है

बात होंठों पे कई लाके पलट जाते हैं
चुप सी नग़मात की ये रात हुई जाती है

इश्क़ का नीम नशा बोल रहा सर चढ़कर
जाने कैसी ये तिलिस्मात हुई जाती है

नूर बरसाता हुआ आया सुहाना मंज़र
रात भी तारों की बारात हुई जाती है

ग़म ज़माने के भुला दे, वो तबस्सुम उसका
ज़िन्दगी उसकी ही सौग़ात हुई जाती है

जब से दे दी है पनाह उसने हमे पलकों में
सुरमई अपनी हर इक बात हुई जाती है

❃

न है बेवफ़ाई का ग़म मुझे न दगा का ही है गिला मुझे
है मलाल तो ये मलाल है भला किसलिए तू मिला मुझे

तू जो था तो दिल मेरा सब्ज़ था और सुर्ख़ थे रुख़सारो-लब
तू गया तो पीले पड़े हैं सब आ बहार बन के खिला मुझे

तेरी कुर्बतों के सिवा कभी मैंने अर्ज़ कुछ न किया था फिर
मिले फ़ुर्क़तों के ये रात-दिन दिया इश्क़ का ये सिला मुझे

मैं ख़ुदा से भी तो जुदा हुई और भूल बैठी ख़ुदाई भी
तू तो जामे-इश्क़ की आड़ में गया ज़हर जैसे पिला मुझे

ग़मे-इश्क़ ही है इलाजे-ग़म, ग़मे-इश्क़ ही तो दवा भी है
मुझे मरने दे ग़मे-इश्क़ में हाय चारगर न जिला मुझे

*

क़हर यक़ीनन था ढाया दिल पे तुम्हारा वो एकदम से जाना
मगर सिखाकर गया लबों को उदासियों में भी मुस्कुराना

कसक तो उठती है दिल में लेकिन, महकने लगती है शाम अक्सर
जो याद आए वो बीती बातें वो संग हँसना, वो गुनगुनाना

थी रातें चाँदी औ दिन थे सोना, गले में जब थीं तुम्हारी बाँहें
दमकते फिरते थे हम अदा से था इश्क़ का वो ग़ज़ब ज़माना

बरसते बोसों से भीगे मौसम भला बताओ तो भूलें कैसे
अजी न भूलेंगे हम कभी तो नज़र से पीना औ लड़खड़ाना

तुझे था मीरा के जैसे पूजा तुझे ही राधा सी चाहती थी
तेरे ही सज्दे में सर झुकाया पहन मुहब्बत का पाक बाना

था शीशे जैसा ये दिल बेचारा करी भी यारी तो संगदिल से
किसी भी सूरत था टूटना ही दिया मुक़द्दर का क्यूँ बहाना

न याद तुमको हो कुछ भी लेकिन कभी जो झाँकोगे दिल के जानिब
वहीं उसी दम तड़प उठोगे हमें वहाँ पाके जानेजाना

कभी बसाना न अब किसी को नज़र में 'गुड्डी' ये याद रखना
गुलाब जैसे दिखे है उल्फ़त कि काँटों से पर पड़े निभाना

मधु गोयल

शिक्षा: राजस्थान विश्वविद्यालय से एम०कॉम०

कुछ समय राष्ट्रीयकृत बैंक में कार्य किया।

राजस्थान विश्वविद्यालय के एक महाविद्यालय में कुछ समय व्याख्याता के पद पर कार्य किया।

बचपन से ही खेलकूद, निबंध, वादविवाद व सभी प्रकार के सांस्कृतिक कार्यक्रमों में रुचि रही है।

तीन साल पहले रेडियो जॉकी का छोटा-सा कोर्स किया। तभी से लेखन की शुरूआत की।

लगभग 2 साल पहले 'कविता की पाठशाला' समूह से जुड़कर नवगीत, माहिया, हाइकु, कुंडलिया, ग़ज़ल व दोहे लिखना सीखा और इन्हीं विधाओं में लेखन जारी है।

ईमेल: madhushachin@gmail.com
मोबाइल: 8601878464

✽

बहुत रोये मगर अब मुस्कुराना भी ज़रूरी है
बहारों का ख़िज़ाँ के बाद आना भी ज़रूरी है

किया था तुमने वादा ज़िन्दगी भर साथ देने का
भुला बैठे हो तो फिर से जताना भी ज़रूरी है

करें कोशिश हवाएँ बावली दीपक बुझाने की
मगर उम्मीद की बाती बचाना भी ज़रूरी है

हमेशा कामयाबी ही मिले ये तो नहीं मुमकिन
कि नाकामी गले अपने लगाना भी ज़रूरी है

हमीं हर बार जीतें तो मज़ा क्या है लड़ाई में
जो दुश्मन है कभी उसको जिताना भी ज़रूरी है

फ़ुर्सत के पल गुज़ार लो अपने ही ढंग से
ये ज़िन्दगी सँवार लो अपने ही ढंग से

देखो क़रीबी जा रहे नज़रें बचा के फिर
जाने न दो पुकार लो अपने ही ढंग से

एहसान दोस्तों के बहुत दिल पे हैं मगर
ये क़र्ज़ तुम उतार लो अपने ही ढंग से

हैं जलने वाले भी कई तुम्हारी ख़ुशियों पे
अपनी नज़र उतार लो अपने ही ढंग से

आशीष माँ-पिता का तो रख लो सँभाल कर
पग उनके तुम पखार लो अपने ही ढंग से

नादानियों पे ख़ुद की ये नज़रें झुकी हैं क्यों
ग़लती को तुम सुधार लो अपने ही ढंग से

✽

उत्तर-दिशा हिमालय, तन के खड़ा हुआ है
प्रहरी बना हुआ वो, कब से डटा हुआ है

पढ़ने का शौक़ है तो, चेहरा भी पढ़ना सीखो
इस पे न जाने कितना, क्या-क्या लिखा हुआ है

क्या हाल हैं हमारे, अच्छा है, कुछ न पूछो
आँखें तो नम हैं दिल में, शोला जला हुआ है

काग़ज़ की नाव क्यों ना, पानी में हम चलाएँ
ये दिल तो बारिशों में, बच्चा बना हुआ है

ख़ुशबू बिखेरती हैं, यादें तुम्हारी घर में
दिल में हसीन सा इक, गुलशन खिला हुआ है

❋

ऐ हवा! हौले-हौले बुलाना हमें
मौसमों की कहानी सुनाना हमें

बादलो! बरसो तुम मन करे जितना भी
भेज रवि को सुबह तुम जगाना हमें

ठण्ड का भी मज़ा अपना ही है मगर
रब! बरफ़-सा कभी ना जमाना हमें

आये पतझड़ बिछड़ जाएँ पत्ते सभी
ऐ चमन! फिर बहारें दिखाना हमें

गर्मियों में उचट जाए जब नींद तो
चाँदनी! गाके लोरी सुलाना हमें

माह सावन में मैके जो आयें कभी
नीम की डाल! झूला झुलाना हमें

बदले क़िस्से हैं कितने यहाँ ऐ धरा!
राग तुम ना सुनाना पुराना हमें

ख़्वाब देखें भले कितने ही हम हसीं
पर हक़ीक़त से रिश्ता बनाना हमें

गिर गए जो ज़माने की नज़रों से हम
कर जतन 'ख़ुद' को ख़ुद आज़माना हमें

✻

रहे हैं खोजते उनको सदा सवालों में
मगर है पाया उन्हें हमने तो जवाबों में

चली ही जा रही ये साँझ तेज़ क़दमों से
फिसल रहा देख, सूरज भी अब ढलानों में

ये वादियाँ ये नज़ारे हसीन हैं कितने
झुला रही झील चंदा को अपनी बाँहों में

कि कोशिशें की बहुत उनको भूल जाने की
हैं रहते फिर भी सहर-शाम वो ख़यालों में

सुकून दे रही दिल को वो याद मीठी सी
'चमक', चराग़-सी दिखती रही निगाहों में

ममता मिश्रा

निवास- नीदरलैंड्स

शिक्षा- MBA

रुची- हिन्दी लेखन -कविताएँ, कहानियाँ, संस्मरण, नवगीत, हाइकु, माहिया, दोहे एवं ग़ज़लें।

संकलन- कई साझा संकलन प्रकाशित।
नीदरलैंड्स के कवियों के साझा संकलन का सम्पादन भी किया है।

संकलन :
सरहदों के पार, खिलते हैं गुल यहाँ
संस्कृति का दर्पण
इतिहास के प्रतिबिम्ब
भोर की धूप आदि रचनाएँ।

कई राष्ट्रीय और अंतरराष्ट्रीय पत्रिकाओं में प्रकाशित -भारत दर्शन, गर्भनाल, कृष्ण काव्य पीयूष, काव्यांजलि, नारी तू कल्याणी आदि।

कई साहित्यिक मंचों पर काव्यपाठ
प्रेरणा साहित्यिक मंच से सम्मान प्राप्त।

✻

है ग़ज़ब गर्मी चुनावों की भरे बाज़ार में
लग रहे हैं कुर्सियों के दाँव भी सरकार में

सच की ना कोई वक़त अब इस नये से दौर में
छप रहा जो बिक रहा है आजकल अख़बार में

साँप भी हैं नेवले भी और हैं कुछ गिद्ध भी
चल रहा है जीतने का खेल इस संसार में

सर्द रिश्ते, सर्द इंसाँ, सर्द सारी दास्ताँ
मिट गये मजनूँ दिया करते थे जाँ जो प्यार में

तीर-ओ-तलवार से पैना क़लम का वार था
अब नहीं है तल्ख़ियों की धार भी अशआर में

*

इश्क़ करके भुला गया कोई
दर्द दिल का बढ़ा गया कोई

बात करता सदा लुटाने की
आके दुनिया मिटा गया कोई

जान कहकर कभी न हारा जो
जान लेकर चला गया कोई

बात तो थी ख़ुशी लुटाने की
क्यूँ ग़मों को थमा गया कोई

दोस्त बनकर दगा दिया उसने
दुश्मनी भी निभा गया कोई

आज फिर से उसी कहानी को
याद कर के रुला गया कोई

फिर तेरी बात याद आई है
कोई तूफ़ान साथ लाई है

रात वादों भरी रही लेकिन
सुबह ने दास्ताँ भुलाई है

एक मौसम कभी नहीं बदला
इश्क़ में हर तरफ़ जुदाई है

रोग ऐसा ग़ज़ब हुआ उसको
कोई ना जिसकी अब दवाई है

चैन दिल का उड़ा गया ज़ालिम
नींद भी अब हुई पराई है

ख़ुदाया कब थमेगा ये क़हर इतना तो बतला दे
कभी होगी सुहानी सी सहर इतना तो बतला दे

मकानों और राहों पर ग़ज़ब की चुप्पी है पसरी
थमेगी मौत की ये कब लहर इतना तो बतला दे

उठा तूफ़ान दुनिया में अचानक हर तरफ़ देखो
बचेगा किस तरह कोई नगर इतना तो बतला दे

बहुत मुश्किल हुआ है साँस लेना देख इंसाँ को
हवा में क्यूँ घुला ज़ालिम ज़हर इतना तो बतला दे

अँधेरों में भटकते लोग अब तो थक चुके बेहद
कि होगी फिर से कब जगमग डगर इतना तो बतला दे

✻

जान बिकती यहाँ मान बिकता यहाँ
मौत बिकती है शमशान बिकता यहाँ

क्या कहूँ और बाक़ी बचा भी न कुछ
मोल लेकर के ईमान बिकता यहाँ

आजकल दौर यूँ भी चला है कहीं
कोई कहता है इंसान बिकता यहाँ

सब बिकाऊ यहाँ इस जगत में हुए
हो ज़रूरत तो भगवान बिकता यहाँ

तुम कहो तो सही क्या तुम्हें चाहिए
इश्क़ के हाथ नादान बिकता यहाँ

डॉ. मंजू यादव 'मृदुल'

मूल निवास- चौकी, पुखरायाँ, कानपुर देहात -209111

शिक्षा- एम. ए.(हिंदी), एम.एड., पी-एच.डी.

सम्प्रति- प्रवक्ता(हिंदी) जनता विद्यालय इंटर कॉलेज बकेवर, इटावा, उ. प्र.

प्रकाशित कार्य- प्रकाशित पुस्तक 'महाकवि देव की काव्य भाषा' विगत अनेक वर्षों से विभिन्न पत्रिकाओं में लेख, कहानी, कविता आदि का प्रकाशन।

लेखन विधा- गीत, ग़ज़ल, कहानी कविता, कुंडलिया, दोहे आदि।

सम्मान- मानस संगम शिवाला कानपुर के अंतरराष्ट्रीय मंच पर सम्मानित। इटावा हिंदी सेवा निधि द्वारा 'बेदम वारसी-निसार सीमावी अलंकरण' से सम्मानित। निराला स्मृति संस्थान रायबरेली द्वारा 'सरोज स्मृति सम्मान' से सम्मानित। विभिन्न संस्थाओं द्वारा साहित्यिक सेवाओं हेतु सम्मानित। विभिन्न मंचों पर कविता पाठ।

पता- 'काव्य कुटी' गोपाल मंदिर, लोहिया नगर, बकेवर जिला-इटावा-206124

मोबाइल नं- 7906920609

✻

उठो जाग जाओ बहुत सो चुके हो
बड़ा क़ीमती वक़्त तुम खो चुके हो

अभी एक उम्मीद है और बाक़ी
दिखा दो कि तुम अब सरल हो चुके हो

किसी दीन के तुम बने हो मसीहा
लगा दाग़ दामन का तुम धो चुके हो

नहीं साथ कोई ख़ुदा है तुम्हारा
ज़रा मुस्कुराओ बहुत रो चुके हो

सजल है नयन ग्लानि 'मंजू' बहुत पर
मिले फल वही बीज जो बो चुके हो

काल ने खेल ख़ूब खेले हैं
हर तरफ़ आँसुओं के मेले हैं

चैन से ज़िन्दगी कटे कैसे
भीड़ में भी सभी अकेले हैं

दौर कैसा सजे हुए घर भी
आज लगते हमें झमेले हैं

क्या करें वक़्त से शिकायत हम
ज़ख़्म कितने ही आज झेले हैं

अब तू ख़ुद को सँभाल ले 'मंजू'
तूने पापड़ हज़ार बेले हैं

✲

ग़मों में मुस्कुराने का सदा जिसको हुनर आया
नमन माँ को करें उसमें ख़ुदा दूजा नज़र आया

कभी शिकवा नहीं करती सजग प्रहरी-सी वह प्रतिपल
सितम दुनिया के सह लेती कहाँ से ये जिगर आया

चलें हम तान कर सीना खड़े पाँवों पे जो अपने
दुआ दिन-रात माँ ने की यही उसका असर आया

बिना कुछ भी बताए वह नज़र पहचान जाती है
उठाती नाज़ सारे वह कहाँ से यह सबर आया

सदा जन्नत वहाँ 'मंजू' क़दम माँ के जहाँ पड़ते
नहीं काली वहाँ रातें वहाँ उजला सहर आया

❁

आसमाँ झुक गया हाज़िरी के लिए
जो जिया ग़ैर की हर ख़ुशी के लिए

आदमी से ख़ुदा बन गया शख़्स वो
जो सदा ही जिया हर किसी के लिए

तीरगी का न डर भी सताया कभी
दीप जलता रहा रोशनी के लिए

चाहतों के लगे पंख जो देखिए
मिल सका कब सुकूँ ज़िंदगी के लिए

कुछ ग़रीबी नहीं कुछ अमीरी नहीं
पाक दिल चाहिए दोस्ती के लिए

जोश में होश अक्सर ही खोता यहाँ
सब्र है लाज़िमी आदमी के लिए

राह मुश्किल भी आसान हो जाएगी
क्यों न 'मंजू' झुके बन्दगी के लिए

❁

क्या सुनाऊँ बात मुझको सब पुरानी याद है
साथ मिलकर जो गढ़ी थी वो कहानी याद है

बेवफ़ा तुम हो गए कुछ भी गिला हमको नहीं
पर किया हमसे जो वादा मुँह ज़ुबानी याद है

छोड़ गाँवों को शहर हम आ गए तो क्या हुआ
जो विरासत में मिली थी वो निशानी याद है

हो गयी मज़बूर जिसको न्याय भी ना मिल सका
दर-ब-दर भटकी सदा घायल जवानी याद है

मार मौसम की पड़ी कुछ वक़्त ने छाले दिये
मिट गयी चिंता में जो वो ज़िंदगानी याद है

प्रेम गिरधर से किया जग को गवारा ना हुआ
विष का प्याला पी गयी मीरा दिवानी याद है

ज्ञान की बातें सिखाती डाँट से लेती बचा
बन गयी तस्वीर वो दादी, वो नानी याद है

जब विदाई की घड़ी आयी थी 'मंजू' क्या कहें
जो पिता की आँख से बरसा वो पानी याद है

मीनाक्षी कुमावत 'मीरा'

01.जन्मतिथि - 19 मई1976

02.पिता - स्व.श्री शंकरलाल जी कुमावत

माता - स्व. श्रीमती सुमति देवी

पति - श्री दिनेश कुमार एडवोकेट

03.शिक्षा - STC, M.A, B.ED, NET (हिन्दी साहित्य)

04.संप्रति - शिक्षिक (रा.उ.मा.वि.आमली, सिरोही, राजस्थान)

05.प्रकाशित कृति

- गुरु आराधनावली(भजन संग्रह), सौदामिनी, हाइकु कोश, काव्य चिंतन, दिल की तरंग, कर्ब-ए-एहसास, दिल का रिश्ता दोस्ती, हाइकु माला, क्षणिकामणि, स्वप्नों की सेल्फ़ी, देश के कई पत्र-पत्रिकाओं में रचनाएँ प्रकाशित

06.विधा - ग़ज़ल, रुबाई, क़ितआ, शायरी, मुक्त छंद कविताएँ, हाइकु, क्षणिका, भजन, शब्द-पिरामिड, सायली, मुकरी, लघु कविताएँ

07.सम्मान - बदलाव मंच द्वारा इंटरनेशनल प्राइड ऑफ़ वुमन अवार्ड 2021, साहित्य उन्नयन मंच द्वारा श्रेष्ठ रचनाकार का सम्मान, विश्व रचनाकार मंच एवं विश्व लेखिका मंच द्वारा अमृता प्रीतम मेमोरियल अवार्ड व नारी शक्ति सम्मान, रश्मिरथी पत्रिका द्वारा सर्व श्रेष्ठ रचनाकार का सम्मान, poetry club द्वारा आयोजित नेशनल पोइट्री बैटल में सर्व श्रेष्ठ रचनाकार का सम्मान, लेखनी द्वारा आयोजित प्रतियोगिता में श्रेष्ठ रचनाकार में स्थान, काव्यालय साहित्यिक संस्थान उ. प्र. द्वारा सम्मान पत्र, काव्य चिंतन साहित्यिक सम्मान,

08.पता - 2/19, श्री अभिमन्यु, Ncar हुजूर बावा दरगाह, श्री मोहन विहार हाउसिंग बोर्ड कॉलोनी पिंडवाड़ा, ज़िला-सिरोही (राजस्थान) 307022

09.Mobile no. - 6350518515, 9001320896

Gmail- kumawatmeenakshi19@gmail.com

❁

तेरी याद से ही महक रही, ये धुआँ-धुआँ हुई शाम है
तेरी आरज़ू में धड़क रही, ये घुटी-सी साँस तमाम है

वो चराग़ क्यूँ थे जला रहे, न पसंद थी ये चमक तुझे
ये बुझी हुई सी हैं ख़्वाहिशें, ये रवाँ-रवाँ सा पयाम है

ये विरानियाँ ये उदासियाँ, ये ख़मोशियों के हैं दायरे
नहीं तिश्नगी का जुनून है, ये तो दर्दमंद कलाम है

तू निगाहदार जहान का, है करम का तेरे कमाल ये
ये नवाज़िशों पे यक़ीन है, तेरी रहमतों को सलाम है

न रखे दिलाँ वो मिज़ाज थे कि अवाम तंगदिली कहे
मैं ग़ुलाम हूँ तेरी रहनुमा, मेरा आख़िरी तू मक़ाम है

तेरे इम्तिहान की इंतिहा, हो गयी सता न मेरे ख़ुदा
मेरे तजरबों से बहुत थकी, कि ये अब सिखा न मेरे ख़ुदा

यूँ नसीहतों को सुना-सुना, वे दुहाई दे छिने बचपने
मैं किसे सुनाऊँ ये दास्ताँ, तू ही सच बता न मेरे ख़ुदा

ये ढली थी शाम यूँ सोच के, मेरे इम्तिहान हैं आख़िरी
वो ख़ुशी मिली थी कभी कहाँ, है किसे पता न मेरे ख़ुदा

न सुकून है न वजूद है, न है जुस्तुजू औ न आरज़ू
तेरा दर ठिकाना है आख़िरी, ये हो ऋण अदा न मेरे ख़ुदा

ये ख़मोशियों का ही शोर है, मेरे ग़मज़दा से कलाम में
ये गुमाँ भरे हैं सुनेंगे क्या, ये सदा सुना न मेरे ख़ुदा

ये जो वक़्त तुमको दिया मेरा, ये चुकेंगे क़र्ज़ कभी नहीं
वो रखे हैं फ़र्क़-ओ-शर्त क्यूँ, ये वफ़ा दिखा न मेरे ख़ुदा

✽

निगाह भर दिखे नहीं निगाहदार हम तुझे
क़दम रखे तभी लगे गुनाहगार हम तुझे

वो ग़फ़लतों में मिट गयी जो यादगार बात थी
नसीब थे कि मिल गए वफ़ाशिआर हम तुझे

हज़ार बार कह दिया इरादे नेक थे मिरे
ये साफ़ दिल की बात दिखते दाग़दार हम तुझे

तने हुए दरख़्त-सी है आदमी की हैसियत
रखे न रंज-तंज़ लगते ख़ाकसार हम तुझे

जफ़ा पसंद लोग ये रखें सही मिज़ाज क्या
दिखाये आइने तभी से नागवार हम तुझे

हमारी परवरिश भी तू ने इस तरह की वालिदा
कुसूर पर लगे नहीं कुसूरवार हम तुझे

✽

तुम एक बार अपना कहो तो क़रार हो
दिल में छुपे ग़मों को सुनो तो क़रार हो

दिलबर सही न जायें ये मनमर्ज़ियाँ तेरी
इस दर्द की दवा जो बनो तो क़रार हो

बेचैन कर रहीं मुझे ख़ामोशियाँ तेरी
दिलदार मुझसे बात करो तो क़रार हो

देखी कभी नहीं थीं ये ख़ुदगर्ज़ियाँ तेरी
फिर से वहीं वफ़ा को रखो तो क़रार हो

दे-दे दिलासे अब तो मेरे इंतज़ार को
हद दिल की पार कर के चलो तो क़रार हो

✿

बेबसी गर पढ़ी-सुनी होती
काश दिल की कही-सुनी होती

फ़ासले ये न दरमियाँ होते
शायरी सब लिखी-सुनी होती

यूँ ही घुट जाते दम मेरे हरदम
इश्क़ की तिश्नगी सुनी होती

मोम सी मैं पिघल रही जलकर
बात हमदम मेरी सुनी होती

बुत सी बन जी रही तेरे ख़ातिर
दर्द की हद कभी सुनी होती

कल्पना से अलग है हर इंसाँ
यूँ ही तुझमें ढली सुनी होती

सिर पे बिंदी है नाम की तेरी
'मीरा' समझी गुनी सुनी होती

पूनम मिश्रा 'पूर्णिमा'

बीएससी (बायोकेमिस्ट्री) एम.ए. (पब्लिक एडमिनिस्ट्रेशन), रामायण विशारद

विद्यापीठ में वाद-विवाद स्पर्धा में कॉलेज का नेतृत्व किया।

पत्रकारिता में पूर्व राष्ट्रपति स्व डॉ. एपीजे अब्दुल कलाम से साक्षात्कार का अवसर मिला।

सेना प्रमुख श्री त्यागी जी का साक्षात्कार।

बालीवुड के सुप्रसिद्ध निर्देशक स्व. यश चोपड़ा से मुलाक़ात।

फिल्म अभिनेत्री सायरा बानो से मुलाक़ात।

मध्य रेलवे द्वारा महिला दिवस मे सर्वश्रेष्ठ महिला पत्रकार से सम्मानित।

नागपुर गार्डन क्लब द्वारा सर्वश्रेष्ठ बागवानी का पुरस्कार।

मेरी कृति कैकेयी (गद्य) को जनवरी 2022 ही में विद्योत्तमा संस्था नासिक में सम्मानित।

दिल में छाया अँधेरा भगा दीजिए
बन के सूरज हृदय में उगा कीजिए

आपकी राह कबसे मैं तकता रहा
आके दिलबर गले से लगा लीजिए

चाँद लगता है फीका बिना चाँदनी
बन के आभा किरण जगमगा दीजिए

ख़ैर-मक़्दम करे दिल सदा आपका
आके रूठे सनम को मना लीजिए

सारी दुनिया जले भी तो जलती रहे
आके शिकवे-गिले को फ़ना कीजिए

आप मेरे थे मेरे रहेंगे सदा
रस मुहब्बत का मिलकर पिया कीजिए

*

सुख संगीत सुनाते चाक
चलते और रुक जाते चाक

रेल चले डिब्बे डोले
मस्ती में इतराते चाक

इधर बस्तियाँ उधर नदी
मनभावन मदमाते चाक

कभी तेज़ या कभी सधे
गीत गति के गाते चाक

जीवन की इस पटरी पे
नव संगीत सुनाते चाक

कहे 'पूर्णिमा' दुनिया संग
देखो तो बतियाते चाक

✿

झील के तरानों में उमंगों से है सजी
खेतों में पीली सरसों से है सजी

चाँदनी रातों में लहरों के संग
सितारों की महफ़िल बरसों से है सजी

साहिल की झोली मे मोती है छिपे
हरे पहाड़ नदियाँ जन्मों से है सजी

रोली-चंदन फूल-थाल सजाकर
मंदिरों की चौखट लड़ियों से है सजी

प्रतिमा प्रधान

जन्म - 13सितंबर 1948

शिक्षा - B.Sc., B.Lib.Sc.(Gold medalist) MLIS, Dip.in Music .

कार्य - शैक्षणिक संस्थानों में 25 वर्ष कार्यरत रही। 5 वर्ष IIT, कानपुर, 20 वर्ष Air Force Golden Jubilee Institute.
Retired now संगीत में अभिरुचि शुरू से रही। लेखन में रुझान अवकाश प्राप्ति के बाद हुआ। छंदमुक्त से लेखन की शुरूआत हुई।

प्रकाशन- संग्रहों में लघुकथा, छन्दमुक्त, हाइकु इत्यादि प्रकाशित हुए हैं।
Dr. Vyom के हिंदी हाइकु कोश में कुछ हाइकु चयनित हैं।

e mail - Pratima13@Yahoo.com
फ़ोन - 9810815473
पता -
c/o Gp.Capt. V.Pradhan,
G - 99, Sector 25
NOIDA - 201301

✻

वफ़ा की राह में चलना नहीं आसान होता है
कभी बारिश, कभी आँधी, कभी तूफ़ान होता है

यहाँ दो दिल दिवाने मिल रहे हैं शान से या रब
दिलों की झील में तो बस धड़कता गान होता है

मुक़द्दर में लिखा क्या है दिखाई ही नहीं देता
सफ़र तन्हा, कठिन राहें, नगर अंजान होता है

बड़ी मुश्किल से मिलता है ज़माने में सुकूँ यारो
सधी साँसों की सुरलहरी पे सारा ध्यान होता है

निगाहों से चला करते हैं महफ़िल में पयामे-दिल
हक़ीक़त में दिले-आशिक़ बड़ा नादान होता है

जमाले-ज़िन्दगी में फन उठाता है कभी जो शक
तभी दिल चाक होता है तो क़त्ल ईमान होता है

मटक के शोख़ियों में चल दिया करते हैं अक्सर वो
सफ़र में धूप होती है जिया हल्कान होता है

जहाँ होती दिलों के साज़ की 'प्रतिमा' जुगलबंदी
वहाँ जलसा मुहब्बत का भी आलीशान होता है

हुज़ूर मान जाइये न और अब सताइये
बढ़ी हुई हैं धड़कने न और अब बढ़ाइये

मुहब्बतों का सिलसिला जो कल था आज भी वही
बदल गया हो जो कभी हमें भी तो बताइये

रहे न कोई फ़ासला दिलों के दरमियाँ कभी
धड़कते दिल का बोझ कुछ तो आप भी उठाइये

जो टूट कर बिखर गया खिले नहीं बहार में
ख़ुसूसियत रफ़ू की भी हमें ज़रा सिखाइये

उड़ान ख़्वाहिशों की तो बतौर ही डराती हैं
न ख़ौफ़ गिरने का कभी भी आप दिल में लाइये

सुना है दिल लगाने का चलन नहीं है आज भी
सुनी सुनाई छोड़िये न आप ही सुनाइये

कहानियाँ हज़ार थीं हज़ार हैं नयी-नयी
ख़तम अधूरी आप ही क़रीब आ कराइये

❋

ये ज़िन्दगी कमाल है क्यूँ बिगड़ी इसकी चाल है
सुकून की तो छोड़िये गुज़र बसर मुहाल है

भटक रहा क्यूँ आदमी यहाँ-वहाँ किसे ख़बर
ज़रा उसे सम्भालिए फ़क़त वो इक ख़याल है

ज़मीन आसमान हो पड़ोस का मक़ान हो
मचा हुआ है हर तरफ़ अजीब सा वबाल है

जिधर भी देखिये उधर नज़र में ख़ौफ़ है भरा
किसी की अस्मतें लुटीं या दहशते-हलाल है

नगर में पिट रहा कहीं ढिंढोरा है हुजूम का
ज़ुबान पे सभी के बस नयीम का सवाल है

मुसीबतों को देखकर क्यूँ भागता है आदमी
करम ये उस ख़ुदा का है वही तो बुनता जाल है

उसूल झूलते सभी हैं ज़िन्दगी के पेड़ पर
लदी हुई हैं हसरतें बड़ी लचीली डाल है

खड़ा हुआ है आदमी ख़ुदी की ही ज़मीन पर
ख़ुशामदों की लौ से तो जले नहीं मशाल है

कमाल है ये ज़िन्दगी तो क्यूँ मची है खलबली
चकल्लसों को अलविदा यही बड़ा धमाल है

✻

ये ज़िन्दगी कमाल है हसीन इसकी चाल है
घुमाइये जिधर नज़र जमाल ही जमाल है

ग़मों के बाग़ में कभी खिले नहीं ख़ुशी के गुल
ज़रा-सा मुस्कुराइये तो फिर रफ़ू मलाल है

नज़र उठा के देखिये खिले हैं झील में कमल
ये बेज़ुबान बोलतीं धड़कते दिल का हाल है

नशे में तो ये जन्नतों की लगती कोई हूर हो
किसी ने मल दिया हो जैसे गाल पे गुलाल है

उसूल रख दिये सभी हैं आज सुन ले ताक़ पर
उधेड़ना बड़ा कठिन बुना जो हमने शाल है

सदाक़तों से ही तो चलता काम है करीम का
हँसा कभी रुला कभी करे वो फिर बहाल है

क़रीब से ही देखिये चलन है क्या ज़माने का
नसीब का न कर सका है कोई बाँका बाल है

भला न कोई है बुरा सभी तो इक समान हैं
रगों में दौड़ जो रहा वो ख़ून भी तो लाल है

तू अभी न जान सका मुझे मैं तो केतकी हूँ गुलाब हूँ
जो फ़लक पे है खिली चाँदनी मैं उसी की आब का ताब हूँ

जहाँ ज़िन्दगी में सुकून है जहाँ ज़िन्दगी में क़रार है
हैं जहाँ कहीं भी खिले कँवल मैं उन्हीं पे आया शबाब हूँ

जहाँ दुश्मनी में इताब है जहाँ दोस्ती में करीम है
मैं वो शय हूँ जो न करे गिला निहाँ रखती अपना रुआब हूँ

जहाँ रुस्तमों का जुलूस हो जहाँ दुश्मनों की क़तार हो
मैं सलामतों का नसीब हूँ मैं अदावतों का इताब हूँ

मुझे जानने का जो शौक़ हो तो ज़रा-सा 'प्रतिमा' क़दम बढ़ा
मुझे पढ़ सके तो ले पढ़ मुझे मैं तो ज़िन्दगी की किताब हूँ

प्रीति गोविंदराज 'उम्मीद'

जन्म स्थान : दिल्ली, मलयालम भाषी परिवार में जन्म।
बी एस सी और एम एस सी नर्सिंग उपाधि में गोल्ड मेडल प्राप्त।

बचपन से साहित्य से गहरा लगाव। दो काव्य और एक कथा-संग्रह प्रकाशित। अंग्रेज़ी में भी कविताएँ लिखती हैं। रचनाएँ अनेक पत्र-पत्रिकाओं में प्रकाशित। कविताओं के अलावा कहानियाँ, संस्मरण और उपन्यास लिखती हैं। विश्व हिंदी सचिवालय द्वारा विश्व हिंदी दिवस २०२० के उपलक्ष्य में आयोजित अंतरराष्ट्रीय कहानी-लेखन प्रतियोगिता में अमेरिका भौगोलिक क्षेत्र से प्रथम पुरस्कार प्राप्त। नृत्य, गायन चित्रकला और कढ़ाई में अभिरुचि।

संप्रति - जार्जटाउन यूनिवर्सिटी अस्पताल के कैंसर सेंटर में कार्यरत तथा वर्जीनिया, अमेरिका में निवास।

संपर्क : preethigovindaraj2@gmail.com
फ़ोन : 571 574 1169
पता -1413 ग्रेडी रेंडल कोर्ट, मैकलेन, वर्जीनिया २२१०१

✻

पक्की सड़क तले इक, ज़िद्दी दरार देखूँ
जो छोड़ कर चले थे, घर वो पुकार देखूँ

दीवार टूटती-सी, छत हो गयी है प्यासी
बरसात अब उतर कर, करती शिकार देखूँ

धुन गीत में पिघलकर, आवाज़ ढूँढ़ती थी
क्या गुनगुना रहे हो, छेड़ो सितार देखूँ

सागर बहा ख़फ़ा-सा, तो आसमाँ उड़ा है
नीले लिबास दोनों, किसका सिंगार देखूँ

ख़ुशबू भरी कहानी, भौंरे सुना रहे थे
सोयी कली जगाने, आती बहार देखूँ

वापस बुला रही है, दिल की दुलार कब से
बिसरे चमन ज़मीं की, यादें बुहार देखूँ

वादी मनाये होली, संगीन फूल पूछे
पानी गिरा कहाँ से, झेंपा चिनार देखूँ

'उम्मीद' आज पत्ते, उतरे शजर से ज्यूँ ही
शर्मा रहीं घटाएँ, तारी ख़ुमार देखूँ

✻

जो क़दम तेरे मेरे साथ थे, मुझे कारवाँ का गुमाँ हुआ
तेरे नूर से जो चमक उठा, तो वो आसमाँ-सा अयाँ हुआ

थी जो क़ैद शक के गिरह में यूँ, कोई खोल दे तो मैं साँस लूँ
वो खड़े रहे यूँ बग़ल में ही, जो रिहा हुई वो ब-जाँ हुआ

मेरे जज़्ब-सोज़ तमाम जो, तेरी रहबरी में मिले सनम
जो सजे हैं फूल-से लफ़्ज़ में, तो ग़ज़ल का बाग़ जवाँ हुआ

है नज़र का शौक़ क़ुसूर क्या, न मेरी ख़ता न ही आपकी
हुए चाह की वो रवानियाँ, जो न रेंगता था रवाँ हुआ

उसे इल्म प्यास हिसाब का, कि तलब जगी थी जुनून में
दरिया में घर, मुझे क्या ख़बर, कि जो आब-दाम फ़ुग़ाँ हुआ

मुझे थी तलाश वफ़ा की बस, वो फ़िदा हसीन गुलाब पर
जो दिखा गया कोई आईना, ये ग़रीब पल में शहाँ हुआ

जो था अजनबी ये शहर कभी, तो ख़ुदा ने यार बना दिये
जो ग़मों के दर से हुई गुज़र, तो ख़ुशी का फिर से मकाँ हुआ

वो जो आरज़ू को दबा के ख़ुद, मुझे चीज़ सब थे दिला रहे
मेरे बचपने की किताब में, ये नफ़ा हुआ कि ज़ियाँ हुआ

✻

नींदों में सही ख़्वाब, हसीं चाह रही हूँ
वादे न क़सम आज, यक़ीं चाह रही हूँ

कब दौर वो आए कि न हो फ़र्क़ किसी में
मासूम नज़र बाल-तरीं चाह रही हूँ

अपना जो समझ दिल में रहे, शर्त न रक्खे
ऐसा ही समझदार, मकीं चाह रही हूँ

अम्बर पे बिछे रंग ये, नीले भी गुलाबी
रंगों से सजी अपनी, ज़मीं चाह रही हूँ

अब रूह नहीं, साँस न, है कोई तसव्वुर
मुर्दे को जगाए वो अमीं चाह रही हूँ

गो ख़ूब बयाँ दूर फ़लक चाँद कहानी
पर साथ रहे ख़ाकनशीं चाह रही हूँ

ममता न लगे सूखने 'उम्मीद' दुआ कर
हर गोद खिले फूल जबीं चाह रही हूँ

✻

ऐसी नज़र लगी, दिल बेज़ार हो गया है
साबित लिहाफ़ मेरा, भी तार हो गया है

जब ज़ोर से फ़साना, कोई सुना गया तो
सोया यतीम क़िस्सा, बेदार हो गया है

जीने लगी ज़रा जो, अपनी रज़ा मुताबिक़
वीरान घर अचानक, गुलबार हो गया है

मिटने चले थे हम तो, बाँधे कफ़न सरों पे
किस अजनबी दुआ का, दीदार हो गया है

आसाँ इलाज तेरा, बस बात मान दिल की
चोगा बदल-बदल कर, किरदार हो गया है

कल तक तो रौनक़ें थीं, सोचे है घर पुराना
अपने अलग हुए तो, दीवार हो गया है

फ़ुर्सत नहीं मुझे कि सोचूँ बुरा किसी का
ये काम वो करे जो, बेकार हो गया है

अब इंक़लाब ही इक 'उम्मीद' की किरण है
ईमान देख सबका बीमार हो गया है

✽

हमें दिखे कई दफ़े, सड़क के पार वो रहे
हमें सुकून मिल गया, न बेक़रार वो रहे

कभी ख़ुदी को ओढ़कर, चले गए थे रूठ कर
मिले हैं जब्र हाल पर, गो बावक़ार वो रहे

ले हाथ थाम हम चढ़े, थे इश्क़ की वो सीढ़ियाँ
गिरे हमीं मीनार से, बने दुलार वो रहे

ग़रीब की ले चुटकियाँ, अमीर यूँ करे मज़ा
ज़बान कुछ, निगाह कुछ, छुपे कटार वो रहे

नया लिबास लाल जब, मिला हमें पता न था
ख़िज़ाँ का खेल हम बने, सदाबहार वो रहे

यही सबक़ है रेत का, कहे किताबे-ज़िंदगी
उठे बवंडरों-सा जो, दबे ग़ुबार वो रहे

है शौक़ रौब का बहुत, सियार हो कि आदमी
गया जो रंग शाह का, बने शिकार वो रहे

सुलह का ख़्वाब कल उन्हें, निगाह ने दिखा दिया
हुज़ूर की रज़ा पे है, अभी मदार वो रहे

संतोष खरे

कार्यक्षेत्र : टेक्निकल एंट्रेप्रेनुएर

लेखन: कुंडली विधा में प्रयोग, बाल्यकाल में (१९८४) प्रथम रचना 'पराग' में प्रकाशित, तब से अब तक प्रकाशकों की तलाश।

बचपन से ही हिंदी कवि सम्मेलनों और मुशायरों के शौक़ीन। सन् १९९३ में कंप्यूटर एप्लिकेशन्स में स्नातकोत्तर (जीवाजी विश्वविद्यालय) करने के बाद, अमेरिका में इंटेल, माइक्रोसॉफ्ट में कार्य किया, वर्तमान में तकनीकी उद्यमिता पर प्रयास - दो स्टार्टअप कम्पनी के सीईओ। सियाटल, अमेरिका में सन् १९९६ से निवास।

✻

थोड़ी शराब, थोड़ा नमकीन काम आया
इक शेर उस ग़ज़ल का, ग़मगीन काम आया

शायर न बन वो पाते, अशआर कह न पाते
महबूब वो ग़ज़ल का, शौक़ीन काम आया

बेरंग थी किताबें, सफ़्हों पे थी सफ़ेदी
ज़िंदादिली का कूँचा, रंगीन काम आया

ग़ुर्बत में मेरी यारों, ऐसे भी मरहले हैं
जिसका लुटा था सब कुछ, वो दीन काम आया

'संतोष' लिख के मक़्ता, संतोष कर चुके हैं
क्या ख़ूब नाम पाया, दो-तीन काम आया

✻

न बैठो घर में यूँ ही तुम निकल बाहर ज़रा घूमो
जहाँ से चाँद आता है वहाँ जाकर ज़रा घूमो

न टिंडर पर यूँ उँगली को चलाओ दाएँ-बाएँ से
वो जब कुत्ता घुमाए बाग़ में आकर ज़रा घूमो

बहुत है शोरगुल भेजा थका जाता है बेचारा
लगाओ ध्यान तुम दिल के कहीं भीतर ज़रा घूमो

ज़रा मन को बनाओ रथ ज़रा इक सारथी चुन लो
कभी सतयुग, कभी त्रेता, कभी द्वापर ज़रा घूमो

निकलता पेट आगे से भरे जाते हो पैमाना
न सोओ दफ़अ'तन शब में डिनर खाकर ज़रा घूमो

✽

ताकती है मुझे हर घड़ी बेबसी
बेबसी ज़िंदगी ज़िंदगी बेबसी

मेरे घर आने तक रुख़ बदल देती है
हर ख़ुशी छोड़कर बेख़ुदी बेबसी

मैंने हक़ माँगकर क्या बुरा कर दिया
शर्म नाहक़, बिना बात की बेबसी

जो है बस में तेरे तुम उसे बस करो
देखना यक-ब-यक जाएगी बेबसी

✽

डूबता था नाक तक पानी में था
मेरा बचना उसकी मनमानी में था

मैं चला था उस कि अँगुली थाम कर
बच गया था जब भी नादानी में था

मुस्कुराकर अलविदा कर तो दिया
एक बल बस तेरी पेशानी में था

था बड़ा वो शख़्स बूढ़ा हो गया
एक बच्चा उसकी शैतानी में था

शर्मिला चौहान

जन्म तारीख़- २७ मई १९६८

शिक्षा- एम.एच.एससी., बी.एड.

संप्रति -पूर्व में शिक्षक, वर्तमान में हिन्दी भाषा में छात्रों की सहायता एवं लेखन।

लेखन- कहानियाँ, लघुकथाएँ, छंदबद्ध रचनाएँ एवं कविताएँ।

प्रकाशन- एकल कहानी संग्रह 'मुट्ठी भर क्षितिज' प्रकाशित। 'सेदोका की सुगंध' साझा संग्रह।

विशेष सम्मान- कहानी संग्रह 'मुट्ठी भर क्षितिज' को म.प्र.अखिल भारतीय लेखिका संघ द्वारा गिरिजावती देवी पुरस्कार से सम्मानित किया गया। लघुकथा आयोजन २०२० में मेरी लघुकथा 'सोंधी महक' को प्रथम पुरस्कार प्राप्त हुआ।

विभिन्न समूहों में आयोजित लघुकथा लेखन, हाइकु लेखन एवं कहानी लेखन में पुरस्कृत।

संरचना, पड़ाव एवं पड़ताल, प्रतिरोध संबंधी लघुकथाएँ, क्षितिज (संवादात्मक अंक), लघुकथा शोध केंद्र भोपाल के परिंदे वृत्त, काव्यांजलि एवं चिकीर्षा ई-पत्रिकाओं में प्रकाशन हुआ।

इनके अलावा नवभारत, लोकमत समाचार एवं मधुरिमा दैनिक भास्कर में कविताएँ, लघुकथाएँ प्रकाशित हुई हैं।

संपर्क- 9967674585

ई-मेल- sharmilachouhan.27@gmail.com

✲

सुबह-सवेरे धरा महकती, कमल नया नित खिला हुआ है
नयन उठाकर निहार मानव, गगन में सूरज उगा हुआ है

कहाँ से देखो हवा है आयी, कि उनका आँचल लगा सरकने
समा गयी जो बदन की ख़ुशबू, ये दिल दिवाना बना हुआ है

मिलन की बातें धरा गगन की, टपक रहा प्रेम ओस बनकर
सुबह लजाई धरा को देखा, सफ़ेद आँचल भरा हुआ है

निकल पड़ी नद पिया मिलन को, चली किनारों को साथ लेकर
मिठास भर दी हृदय की अपने, ख़ुशी से सागर बढ़ा हुआ है

उठीं जो लहरें मचल के भागीं, लिपट रहीं वो किनारों से अब
नहीं रहा दूर अब किनारा, समा लहर में छुपा हुआ है

✻

कहीं दूर से जो दिखी मुझे, वो क़रीब इतने यूँ आ गयी
न नज़र मिली न पलक झुकी, मेरे मन में फिर भी समा गयी

जो लिपट रही हवा सर्द सी, लगी आग यूँ जला तन-बदन
वो तपिश तेरी थी निगाहों की, मुझे इस क़दर जो जला गयी

खुली लट किसी की जो दूर जब, मेरे दिल को अब तो भाने लगी
चली फिर बयार जो झूमती, पता उनका मुझको बता गयी

न मलाल था न कोई ख़ुशी, जो मिली न तू तो कटी यूँही
मेरे हाथ में तेरा हाथ अब, यही ज़िन्दगी मुझे भा गयी

सुने ख़ूब क़िस्से, कहानियाँ पढ़े नग़मे, गीत, रुबाइयाँ
तेरे थरथराते लबों की धुन, मुझे प्रेम राग सिखा गयी

धरा गगन के लिए बेक़रार होती है
बरस पड़े जो गगन तो बहार होती है

सभी को जीत मिले खेल में कहाँ मुमकिन
कई जीतों में छिपी मौन हार होती है

निकल चला ये समय तेज़ रोक लो इसको
पलक झपकते उमर साठ पार होती है

प्रवाह साथ तो आसान तैरकर जाना
कठिन मगर हो जो विपरीत धार होती है

लबों की चुप्पी वो नज़रें झुकी हुईं उनकी
यही अदा तो सनम दिल के पार होती है

❃

सारे भरम हृदय के अपने ज़रा मिटा ले
जो राह सामने है उस पर क़दम बढ़ा ले

नवपुष्प खिल उठें जब तब शाख़ मुस्कुराए
ग़म भूलकर जहाँ के जी भर के खिलखिला ले

तू छोड़ आ गया था वो गाँव याद करता
अब लौट चल वहीं फिर अपना उसे बना ले

संसार रूप सागर जो दे रहा चुनौती
कश्ती चला के अपनी हिम्मत को आज़मा ले

वो नाच जो नचाता, सब नाचते उसी पर
तू ताल पे उसी की अपने क़दम मिला ले

ओ मीत मेरे मन के, कैसा ये सताना है
हर रोज़ नया देखो, मिलने का बहाना है

ये बात नहीं अच्छी, छुप-छुप के मिला करते
सब ओर बिछीं आँखें, घूरे ये ज़माना है

आते जो गली मेरी करते हो इशारे तुम
बेकार की रुस्वाई, हर रोज़ उठाना है

मैं जान गयी मितवा, दिल प्यार भरा तेरा
ख़्वाबों को हक़ीक़त में, तब्दील कराना है

बंधन जो लगाते हैं वो ख़ूब करें पहरे
धर धीर हमें फिर भी मन दीप जलाना है

जग देख रहा सारा है घोर परीक्षा ये
जब सोच लिया हमने अब साथ निभाना है

नित प्रेम की वो लहरें उठतीं जो रहीं दिल में
लहरों को किनारों के अब साथ मिलाना है

✽

हृदय में साथ रहकर मुस्कुराती बात बचपन की
कभी जब याद आ जाती मुझे बरसात बचपन की

चमकती दामिनी के संग बादल का गरज जाना
छिपे माँ की रज़ाई में निराली रात बचपन की

बरसने से भरी गलियाँ भरे वो खेत चौबारे
चलाना नाव काग़ज़ की बड़ी सौग़ात बचपन की

चने के चार दाने भी बख़ूबी बाँटकर खाना
नहीं था भेद आपस में न कोई जात बचपन की

लगाकर शर्त बारिश में गली तक दौड़कर जाना
अभी तक याद है मुझको मिली वो मात बचपन की

शिव मोहन सिंह 'शुभ्र'

नाम: शिव मोहन सिंह
लेखन में उपनाम: 'शुभ्र'
स्थान सम्बन्ध: आगरा, उत्तर प्रदेश

शैक्षिक योग्यता: परास्नातक (रसायन शास्त्र), बी.एड.

व्यवसाय: राजनयिक

पदनाम: द्वितीय सचिव (सूचना, प्रसार और प्रवासी भारतीय मामले) एवम प्रभारी निदेशक, गाँधी सांस्कृतिक केंद्र (आईसीसीआर), द हेग, नीदरलैंड्स

कार्यक्षेत्र: भारतीय राजदुतावास, द हेग, नीदरलैंड्स

साहित्यिक उपलब्धियाँ: भारतीय राजदुतावास, अल्जीयर्स में चार साल Cultural Attaché के पद पर कार्य किया और इस दौरान उपलब्धि के बतौर आईसीसीआर की ओर से द्वितीय इंडो अरब सांस्कृतिक समारोह में सक्रिय भूमिका का निर्वहन किया। कई पुस्तकों के लिए आलेख लिखे। दो वृत्त चित्रों में भी योगदान दिया। कई मुशायरों और कवि सम्मेलनों में प्रतिभाग और कई काव्य मंचों की अध्यक्षता एवम संचालन। गाँधी केंद्र के प्रभारी निदेशक के रूप में नीदरलैंड्स में भारतीय संस्कृति के प्रचार प्रसार हेतु रत हूँ। हाल ही में विश्व रंग नीदरलैंड्स की अध्यक्षता की है।

✽

जब फूल क्यारियों में उगाती हैं नारियाँ
घर-बार हसरतों से सजाती हैं नारियाँ

पूजा-दुआ सदा से इन्हीं की क़ुबूल हो
परिवार को बला से बचाती हैं नारियाँ

अस्तित्व की शदीद चुनौती अगर मिली
औक़ात मर्द को भी दिखाती हैं नारियाँ

भगवान तो सदा से ही भगवान बस रहा
भगवान आदमी को बनाती हैं नारियाँ

जाए चला अगर पति मदपान को कभी
तूफ़ान ख़ूब सर पे उठाती हैं नारियाँ

देती नहीं यूँ ही किसी को इश्क़ में ज़ुबाँ
दे दी ज़ुबाँ अगर तो निभाती हैं नारियाँ

पचती कभी न बात ज़माने की पेट में
तिल का पलों में ताड़ बनाती हैं नारियाँ

अन्याय जब भी हद से गुज़रता है मुल्क में
तलवार 'शुभ्र' उठ के उठाती हैं नारियाँ

✻

धुँधला यहाँ चेहरा हुआ है हर तरफ़
नैराश्य का कोहरा हुआ है हर तरफ़

बीमारियाँ, नाकामियाँ, लाचारियाँ
इक ख़ौफ़-सा बिखरा हुआ है हर तरफ़

आँखें मिली हैं ताकती असमान को
दिल दर्द का कमरा हुआ है हर तरफ़

रुक सा गया है काल का पहिया तनिक
रफ़्तार पर पहरा हुआ है हर तरफ़

बूढ़े शजर टूटे पड़े हैं चार-सू
तूफ़ान सा गुज़रा हुआ है हर तरफ़

शादी बराती अब नहीं आते नज़र
अरमान का कचरा हुआ है हर तरफ़

आवाज़ दो श्रीराम को अल्लाह को
शैतान का ख़तरा हुआ है हर तरफ़

❁

रूह ज्यूँ प्यासी नदी है आज कल
तिश्नगी ही तिश्नगी है आज कल

आपसे मिलकर हमें ये क्या हुआ
आशिक़ी ही आशिक़ी है आज कल

आपकी नज़दीकियाँ हासिल हमें
ताज़गी ही ताज़गी है आज कल

आँख से पीना मुझे अब आ गया
मयकशी ही मयकशी है आज कल

चाँद बनकर आप यूँ छाए हुए
चाँदनी ही चाँदनी है आजकल

राह में सूरज मिरा हमराह है
रोशनी ही रोशनी है आज कल

जिस तरफ़ डालूँ नज़र मैं दूर तक
आदमी ही आदमी है आज कल

अब कहाँ फ़ैशन रहा जब्ज़ात का
दिल्लगी ही दिल्लगी है आज कल

मौत की जबसे है जानी अस्लियत
ज़िंदगी ही ज़िंदगी है आज कल

रहमतों के यूँ दिवाने हम हुए
बंदगी ही बंदगी है आज कल

इक हसीं से 'शुभ्र' क्या यारी हुई
शायरी ही शायरी है आज कल

❃

निशान मेरा ज़मीं पे दिल की, कहीं उकेरा ज़रूर होगा
रहा था मुझमें क़रार बनकर, अभी भी मेरा ज़रूर होगा

भले ही तुमको नहीं ज़रूरत, दिलों के रस्ते जुदा-जुदा हैं
हमारी यादों के दायरों ने, तुम्हें भी घेरा ज़रूर होगा

कोई ठिकाना नहीं है अपना, हवा सा फिरते हैं दर-ब-दर हम
मुसाफ़िरों के नसीब में भी, कोई बसेरा ज़रूर होगा

धड़क रही है हर एक शय यूँ, निहाँ हो जलवागरी तुम्हारी
जमाल उसका शुआओं ने भी, यहाँ बिखेरा ज़रूर होगा

कभी मिलेंगे सुकून से हम, दिलों की बातें करेंगे हमदम
अभी तो माना हैं 'शुभ्र' रातें, कभी सवेरा ज़रूर होगा

✿

उम्मीदों का एक दिया है
मुश्किल से तू आज मिला है

दिल खोया-खोया सा रहता
जाने कैसा मर्ज़ लगा है

ताबीरें सच हो जाने दो
हमने भी इक ख़्वाब बुना है

बात हुई आँखों-आँखों में
हौले-हौले प्यार हुआ है

सब क़िस्मत पर छोड़ दिया अब
कौन भला है, कौन बुरा है

हाथ तुम्हारा फूलों सा था
अपनी ख़ुशबू छोड़ गया है

❋

ज़िक्र किसका चला दिया तुमने
शोर दिल में उठा दिया तुमने

जब कभी थक गए सफ़र में हम
हाथ अपना बढ़ा दिया तुमने

पैर मेरे नहीं ज़मीं पे हैं
जाम कोई पिला दिया तुमने

लौट के फिर कभी न आयेंगे
एक मौक़ा गँवा दिया तुमने

इश्क़ में बस गुलाब माँगा था
साथ काँटा थमा दिया तुमने

राह भटका हुआ मुसाफ़िर हूँ
'शुभ्र' मुझको थका दिया तुमने

सुधा राठौर

जन्म- 19 जून

सम्प्रति- गृहिणी

सृजन- हिंदी पद्य लेखन की विधा- दोहा, कह मुकरी, मात्रिक छंद, कुण्डलिया छंद, ग़ज़ल इत्यादि

प्रकाशित और सम्मानित साहित्य-

'दहलीज़ से आसमान तक' स्वतंत्र काव्य संग्रह। महाराष्ट्र साहित्य अकादमी से संत नामदेव पुरस्कार से सम्मानित वर्ष 2018 में

'छंद हुए साकार' स्वतंत्र दोहा संग्रह। हिंदी लेखिका संघ भोपाल से साहित्य श्री सम्मान से सम्मानित वर्ष 2019 में

'सुधा सतसई' 700 दोहों का संकलन। विद्योतमा महादेवी वर्मा पुरस्कार से सम्मानित वर्ष 2021 में

अन्य प्रकाशन-

विशुद्ध साहित्यिक पत्रिका 'क़िस्सा कोताह' में रचनाएँ प्रकाशित, आकाशवाणी नागपुर में निरंतर काव्य पाठ, 'मंज़र' साझा ग़ज़ल संग्रह में ग़ज़लें प्रकाशित अन्य पत्रिकाओं में पद्य की अनेक विधाएँ प्रकाशित

email - sudharathor66@gmail.com

Phone - 9923512285

✽

कभी बेवजह मैं ख़फ़ा रहूँ, और तू मसोस के मन रहे
तू मनाए भी तो न मान लूँ, और तू मसोस के मन रहे

मैं रिझाऊँ और सताऊँ यूँ, हों शरारतें कभी हो चुहल
तेरी बेक़रारी बढ़ा चलूँ और तू मसोस के मन रहे

कभी जान-बूझ हों दूरियाँ, कि दिखा-दिखा के ही बेरुख़ी
बड़े प्यार से मिलूँ सबसे मैं, और तू मसोस के मन रहे

किसी शब बहाना ले नींद का, तेरी बेकली को आवाज़ दूँ
यूँ अदा से ज़ख़्म मैं दूँ तुझे, और तू मसोस के मन रहे

तू जो चूड़ियों की खनक सुने, बजें धड़कनें तेरे कानों में
कि हया की ओट सदा धरूँ, और तू मसोस के मन रहे

तेरी हसरतों पे मिज़ाज पे, हँसूँ मन ही मन कि सता-सता
सभी शोख़ियों को जवाँ रखूँ, और तू मसोस के मन रहे

करूँ ख़ूबसूरत दिल्लगी, नयनों में घोल शराब को
मदहोशियाँ भी अता करूँ, और तू मसोस के मन रहे

❃

रहो रूठे मना लेंगे लगाते हैं चलो बाज़ी
कि पल में ही हँसा लेंगे लगाते हैं चलो बाज़ी

हसीं रुख़सार पे नाहक़ उदासी ओढ़ बैठे हो
तबस्सुम हम खिला देंगे लगाते हैं चलो बाज़ी

मुहब्बत में फ़ना होना ख़ुदा की ही इबादत है
यक़ीं तुमको दिला देंगे लगाते हैं चलो बाज़ी

हया कैसी कि आँखों पर पड़ी पलकों की चिलमन है
ये परदा भी हटा देंगे लगाते हैं चलो बाज़ी

हमारे बिन सुकूँ से जी न पाओगे घड़ी भर भी
इसे भी आज़मा लेंगे लगाते हैं चलो बाज़ी

रखो तुम लाख पर्दे में तड़प दिल की नहीं छुपती
दबी चाहत जगा लेंगे लगाते हैं चलो बाज़ी

'सुधा' ये बेरुख़ी झूठी, सदाएँ भी न देंगे हम
इशारों से बुला लेंगे लगाते हैं चलो बाज़ी

हे री सखी पिया की मैं बात क्या बताऊँ
कैसी बिताई हमने वो रात क्या बताऊँ

थोड़ा रिझा रही थी चाहा ज़रा सताना
मैं डाल-डाल लेकिन वो पात क्या बताऊँ

यूँ तो लगे वो भोला चालाक कम नहीं है
करके गया वो चोरी जज़्बात क्या बताऊँ

लंबी घनी जुदाई सावन रहा सिसकता
वो साथ लेके आया बरसात क्या बताऊँ

कितना मुझे मनाया मुँह फेर ही रही मैं
उसकी चिरौरियों की बारात क्या बताऊँ

सौ बार हाथ जोड़े तब ही 'सुधा' दिवानी
कैसे मिली पिया से लजियात क्या बताऊँ

✽

उदित हो भानु तब नित जल चढ़ाती है मेरी अम्मा
उठो लाड़ो मुझे कहकर जगाती है मेरी अम्मा

रसोई में न जाने क्यों बहुत चुपचाप रोती है
धुएँ की आड़ में आँसू छुपाती है मेरी अम्मा

चकरघिन्नी बनी करती सभी की चाकरी दिनभर
मगर हर शाम बिंदी भी सजाती है मेरी अम्मा

फटा आँचल क़रीने से कमर में खोंस लेती है
पिता सम्मुख सहज मुस्कान लाती है मेरी अम्मा

बिवाई ढाँकने त्यौहार तिथियों का बहाना ले
महावर एड़ियाँ भरकर लगाती है मेरी अम्मा

दबावें पाँव दादी के हथेली खुरदुरी जब भी
निरंतर बोझ तानों का उठाती है मेरी अम्मा

रहे गुमसुम हमेशा ही मगर मैं जब पुकारूँ तो
बड़ी झूठी हँसी हँसकर फँसाती है मेरी अम्मा

'सुधा' वह टेर सुनती है दिया-बत्ती की बेला में
कि "लीजो सुध हमारी" गुनगुनाती है मेरी अम्मा

✻

कभी यूँ भी घुल मेरी साँस में, कि तमाम उम्र महक रहे
दे जो इक शरारत की नज़र, मेरी शोख़ियों में लचक रहे

मेरी तश्नगी का इलाज कर, कुछ पल मुझे भी नवाज़ दे
मिले दर्दे-दिल को सुकून कुछ, बची धड़कनों में ख़नक रहे

रहें जब घिरीं तन्हाइयाँ हों ख़मोशियों के ही सिलसिले
तेरी जुस्तजू में ये हाल है, तू दिखे तो शर्म शफ़क़ रहे

तू अता न कर मुझे बेख़ुदी, मुझे मुहलतें दे चुरा सकूँ
वो ग़ज़ल कि हर अशआर में, कुछ मस्तियों की दहक रहे

मेरे दो जहाँ तेरे नाम हैं, नहीं ख़ौफ़ अब रुस्वाई का
चलें साथ इश्क़ की राह में, नहीं दिल में कोई क़सक रहे

है कमाल तेरे जुनून का कि छुपाऊँ फिर भी न छुप सके
चाहे लफ़्ज़ हो कि बयान हो, तेरी हर अदा में झलक रहे

उमेश मौर्य

जन्म : 1 दिसंबर 1982 ई. सुल्तानपुर, उत्तर प्रदेश

शिक्षा : स्नातक

सृजन : गीत, ग़ज़ल, नवगीत, कहानी, कविता, लघुकथा, वर्ण पिरामिड, हाइकु आदि विधाओं में लेखन।

प्रकाशन : हाइकु कोश साझा संग्रह, साझा संग्रह शत हाइकुकार, वर्ण पिरामिड मे रचनाएँ संकलित व नेट पत्रिकाओं के माध्यम से हिंदी साहित्य में लेखन कार्य।

संप्रति : स्वतंत्र लेखन

अभिरुचि: संगीत से लगाव, एकांत प्रिय, प्रकृति के प्रति झुकाव, नित नया सीखने के प्रयास और प्रयोग।

कार्य क्षेत्र : तकनीकी क्षेत्र सीनियर इन्स्ट्रूमेंट एण्ड कन्ट्रोल टेक्नीशियन ओ क्यू रिफ़ाइरी ओमान (ऑयल एण्ड गैस संसाधन)

संपर्क सूत्र :

ग्राम - सराय, पोस्ट - भाई, ज़िला- सुल्तानपुर, पिन कोड : 228159 उत्तर प्रदेश, भारत

मोबाइल नंबर : +91 9559520928

ईमेल आईडी : ukumarindia@gmail.com

✲

इस क़दर आप अब याद आने लगे
आप अन्दर मेरे मुस्कराने लगे

मैंने सोचा उदासी नहीं जायेगी
आप अन्दर से ही गुदगुदाने लगे

जब लगा आख़िरी साँस चलने को है
आप रो-रोके फिर क्यों उठाने लगे

रास आये न आये मुबारक तुम्हें
जो बुरे थे कभी तुमको भाने लगे

फ़र्क़ पड़ता नहीं जब तुम्हें बात का
बात से बात फिर क्यों बढ़ाने लगे

कौन कहता है तन्हा हूँ उनके बिना
नज़्म बनकर वो दिल में समाने लगे

बात करने से भी डर तो लगता है अब
फिर कहीं न 'उमेश' आज़माने लगे

✽

ख़्वाब में तू जो मुस्कराती है
दिन में फिर याद ख़ूब आती है

दिन कहाँ रह गये हैं दिन जैसे
रात ही रात अब डराती है

मौत ही नाम है मुहब्बत का
साँस आती है और जाती है

सच यही मान लो जो कहता हूँ
झूठ कहता था, याद आती है

फ़ायदा कुछ नहीं भलाई में
जब बुराई ही जीत जाती है

सबकी मासूमियत कुचल करके
भूख हर चीज़ लूट जाती है

दोस्त ने बात छेड़ दी उसकी
तब से फिर नींद छोड़ जाती है

✻

बढ़ने लगी है तब से क्यों ख़ुदकुशी शहर में
आये दिमाग़ वाले जब से किसी शहर में

दीवाने आजकल अब मायूस हो गये क्यों
पहले चहल पहल थी हर पल बसी शहर में

मजनूँ नहीं है कोई दिखता नहीं अब आशिक़
वीरानियाँ हैं छायीं क्यों हर किसी शहर में

हँसता भी है कोई तो लगता है झूठ है सब
क्या-क्या छुपा रहे सब कब से इसी शहर में

पाबंदियों के दम पर कब तक अमन रखोगे
रहने दो कुछ मुहब्बत जो भी बची शहर में

आओ गले लगाके कर लें ख़ुदा का वंदन
मज़हब रहे न कोई बाक़ी किसी शहर में

जब ग़ैर हो गये तुम सब ग़ैर हो गये हैं
अब तो नहीं है जैसे कोई ख़ुशी शहर में

यादें 'उमेश' की अब यादें ही रह न जायें
बदनामियों की इतनी चर्चा हुई शहर में

✽

तुम्हारे बाद अब तुमको भुलाया भी न जायेगा
तुम्हारे बाद फिर से दिल लगाया भी न जायेगा

ग़लतफ़हमी में मत रहना कि हम ख़ुश हैं तुम्हारे बिन
तुम्हारे साथ वाला दिन भुलाया भी न जायेगा

तुम्हें तो मिल ही जायेगी ख़ुशी की ज़िन्दगी अब तो
मुझे तो दर्द तक अपना दिखाया भी न जायेगा

हमारी याद आये तो सुनो इक काम कर लेना
नहीं कुछ भी नहीं करना निभाया भी न जायेगा

नहीं पूजा, नहीं वंदन, नहीं कोई इबादत अब
किसी के सामने अब सिर झुकाया भी न जायेगा

'उमेश' अब ज़िन्दगी की शाम तो ढलने ही वाली है
चराग़ों को तो अब फिर से जलाया भी न जायेगा

✻

वही दिन के ख़यालों में हमारे साथ होता है
कोई तो है जो ख़्वाबों में हमारे साथ सोता है

सभी कहते हैं माँगो दिल से तो भगवान है मिलता
मगर मुझको नहीं लगता कि ये हर बार होता है

ज़माने में कई बातें भी अक्सर झूठ हैं फैलीं
बहुत बातें हैं बे-मतलब की जो इंसान ढोता है

हज़ारों बार क़स्में खायीं जिसको भूल जाने की
ख़यालों की ज़मीनों पे वही तो ख़्वाब बोता है

समय आने पे सुन्दर फूल भी तो सूखते जाते
किसी को छोड़ जाने को कोई मज़बूर होता है

जो तुमको दिख रहा मिलते हुए लोगों से हँस-हँसके
उसे देखो अकेले में वो अक्सर ख़ूब रोता है

'उमेश' अब लूट ले तन्हाइयों के साथ महफ़िल को
तेरे ग़म का भी महफ़िल में तमाशा ख़ूब होता है

विद्या चौहान

जन्म- 22 अगस्त, 1973

शिक्षा- बी. एस. सी, बी.एड (गणित, भौतिक विज्ञान)

पूर्व शिक्षिका, काव्य की विविध विधाओं में सृजनरत, हिंदी और अंग्रेज़ी दोनों भाषाओं में कविता लेखन में अभिरुचि, विभिन्न ई-पत्रिकाओं में कविताएँ प्रकाशित

प्रकाशित पुस्तकें
- A journey through perseverance (उपन्यास)
- दहलीज़ (हिंदी अनुवाद)

साझा संग्रह
- कलरव (लघु कथा संग्रह)
- हाइकु काव्य के हस्ताक्षर (हाइकु संग्रह)
- महिला दिवस: एक अभिव्यक्ति
- ज़िंदगी ज़िंदाबाद (कोरोना काल)

ई- मेल- vkmschouhan@gmail.com
फ़ोन- 8368167340

कल रात आ के परियाँ, कुछ ख़्वाब बो गयी हैं
आँखों में सजा अरमाँ, अश्कों से धो गयी हैं

ये हाथ की लकीरें, क़िस्से अलग बतातीं
मेहनत के वार से डर, अब ख़ुद ही खो गयी हैं

ये मुश्किलें सफ़र की, रातों को थीं जगातीं
अब हार मान बैठीं, ख़ुद थक के सो गयी हैं

कल रात आँख जानें, नम अश्क से हुईं क्यों
शायद वो यादें माँ की, तकिया भिगो गयी हैं

बैठी नदी किनारे, लहरों को देखती हूँ
नज़दीक आ के मेरे, मन को डुबो गयी हैं

चेहरे पे नूर आया, किसका हुआ असर ये
चंदा से चार बातें, पूनो पे हो गयी हैं

बचपन की मौज मस्ती, हर दिन नयी शरारत
लौटीं कभी न फिर वो, इक बार जो गयी हैं

*

वक़्त को एक घड़ी भी न ठहरते देखा
उम्र के साथ सरे-राह गुज़रते देखा

बदनसीबी के समुंदर में डुबोया ग़म ने
इक ख़ुशी तिनका बनी उससे उबरते देखा

सो गयी शाम लिये दिल में तमन्ना कल की
उसके आग़ोश में सूरज को उतरते देखा

हर नयी नस्ल को दुनिया में जगह देनी है
शाख़ से टूट के पत्तों को बिखरते देखा

दूर अंबर से कहीं एक सितारा टूटा
ढूँढ़ने झील में चंदा को उतरते देखा

मुद्दतों बाद फ़िज़ाओं पे चढ़ी ये रंगत
रंग तस्वीर में बरसात को भरते देखा

✿

जीते न कभी जाते, संग्राम कटारों से
दुश्मन को हरा मन के संकल्प प्रहारों से

मज़बूत खड़ा था घर, उन चार दिवारों से
कमज़ोर हुआ जाता, अपनी ही दरारों से

दायित्व की बेड़ी से, बाँधा गया है तट को
मिलने को लहर आती, मजबूर किनारों से

जब मौन मुखर हो तो कहने की ज़रूरत क्या
मनमीत समझ जाते, जज़्बात इशारों से

कितनों की सजी डोली, उस पार उतारी थी
कब से न मिले मुझसे, नद कहती कहारों से

चंदा पे टिकीं आँखें, बस एक नज़र देखूँ
मसरूफ़ घिरा बैठा, वो रात सितारों से

हर ओर दरख़्तों के, घूँघट से ढँका अंबर
अलमस्त किरण झाँके, उत्तुंग चिनारों से

अँधियार भगा देता, इक दीप अकेला ही
बाक़ी है अभी लड़ना, तूफ़ान हज़ारों से

✽

कुछ ज़ख़्म सूखते नहीं नासूर हो गये
बस कर सितम ऐ ज़िंदगी भरपूर हो गये

जो ख़्वाब रात नींद में आ नूर हो गये
रौशन सुबह को देख के काफ़ूर हो गये

गुमनाम ज़िंदगी जिये हासिल न कुछ हुआ
बदनाम क्या हुए ज़रा मशहूर हो गये

न ठौर आज का है कहाँ कल किसे पता
रख चार नोट जेब में मग़रूर हो गये

रिश्तों को दिल के कोष में रक्खा सँभाल कर
नाज़ुक बड़े थे काँच-से और चूर हो गये

त्यौहार लेके रौनक़ें जाने छुपे कहाँ
जो शेष रह गये है वो दस्तूर हो गये

आँगन उदास ढूँढ़े चिरैया को हर तरफ़
इक घर नया बसाने को खग दूर हो गये

सागर से आसमाँ का सफ़र मेघ तय करे
गिरने को फिर बुलंदी से मजबूर हो गये

✻

न ही आफ़्ताब न चाँद का, ये जो नूर मुझमें है आपका
जो झलकता आँख में प्यार बन, वो हुज़ूर मुझमें है आपका

न पता चला मुझे दिन का ही, न गुज़रती रात की है ख़बर
जो दिलो-दिमाग़ पे छा रहा, वो सुरूर मुझमें है आपका

न हो शोहरतें न ही दौलतें, हो जो साथ आप तो है ख़ुशी
बड़ी ख़ुशनसीब है ज़िंदगी, ये ग़ुरूर मुझमें है आपका

न ग़मों की धूप है राह में, रही उल्फ़तों की पनाह में
भला रहगुज़र को क्या चाहिये, ये सबूर मुझमें है आपका

मेरे गीत में जो ख़याल है, वो लिखे थे आपके नाम से
ये ग़ज़ल के शेर सबूत हैं, कि फ़ुतूर मुझमें है आपका

✻

रोज़ आती ज़मीं पर नहीं बारिशें
मन सभी का लुभातीं रहीं बारिशें

चार बूँदें ख़ुशी बन गिरीं गाल पर
आँसुओं को छुपाती कहीं बारिशें

एक अरसा हुआ हमको भीगे हुए
तोड़कर बाँध मन के बहीं बारिशें

ये फुहारें किसी के लिए आस थीं
ज़लज़ला बन कहीं पर ढहीं बारिशें

ख़्वाब मन के धरातल पे बोये जहाँ
सींचती ख़्वाहिशों को वहीं बारिशें

जिस धरा से किया आसमाँ तक सफ़र
लौटकर आ रही अब यहीं बारिशें

❁

जुड़े हुए हैं मगर जुदा हैं, नदी किनारे कभी न मिलते
वो आसमाँ को सजाये बैठे, ज़मीं पे तारे कभी न मिलते

कभी तो आड़े है रात आती, कभी खड़ा दिन मिलन का दुश्मन
तड़पती रहती है साँझ दुल्हन, पिया सकारे कभी न मिलते

पता बताता है दर्द सुख का, मिले न ग़म से तो क्या जिये फिर
है धूप रस्ता, तो छाँव मंज़िल, बिना गुज़ारे कभी न मिलते

मिला न सबको जो दिल ने चाहा, दुआ कहाँ सब क़ुबूल होती
ज़रा-सी धरती ज़रा-सा अंबर, जहान सारे कभी न मिलते

जो हम गिरे तो सँभाल लेना, गये बिखर तुम तो जोड़ दें हम
जो छत बनो तुम तो नींव हम हैं, बिना सहारे कभी न मिलते

समर था ख़ुद से तो लड़के जीते, मिला हमें बल हमारे भीतर
जुनूँ की मुट्ठी में है सफलता, जो मन से हारे कभी न मिलते

www.ingramcontent.com/pod-product-compliance
Lightning Source LLC
LaVergne TN
LVHW100837051026
849519LV00006B/2334
9789391571443